SV

Band 472 der Bibliothek Suhrkamp

Hermann Hesse
Legenden

Suhrkamp Verlag

Zusammengestellt von Volker Michels

14. und 15. Tausend 1981

Quellennachweise der einzelnen Texte am Schluß des Bandes

Druck: Nomos Verlagsgesellschaft, Baden-Baden
Printed in Germany

Inhalt

Aventiure... Nach alten Quellen erzählt

Es lebte ehemals in einer Provinz des römischen Reiches ein ebenso begüterter wie vornehmer Edelmann namens Ottokar, welcher von vielen für die Zierde der gesamten Ritterschaft desselben Landes angesehen wurde. Dieser war reich genug an Landbesitz, Schlössern, Wald und Dörfern, samt Vieh und Wild; jedoch hatte er seine Gemahlin schon in jüngeren Jahren verloren und konnte sich nie entschließen, eine zweite Heirat zu tun. Vielmehr übertrug er seine ganze Liebe auf das einzige Kind, das er von jener Gattin hatte, ein Fräulein mit Namen Alinda. Diese war von ungewöhnlicher Anmut und höchst adeliger Art, was auch ohne die Größe des ihr zustehenden Erbes genügt hätte, manchen Edelmann in heftiger Liebe zu ihr entflammen zu lassen. Weil jedoch besagtes Fräulein noch nichts von der Liebe wußte oder wissen wollte, auch ihr Vater ein überaus stolzer und strenger Mann war, gelang es von allen Liebhabern keinem, sich dem Ziel seiner Wünsche zu nähern.

Unter denjenigen, die ihr Herz an die schönen Augen der Alina verloren hatten, befand sich ein Jüngling aus einem sehr vornehmen Hause, das aber durch Parteizwiste und Verbannung aufgelöst und um allen Besitz gekommen war. Dieser hieß Hildebrant. Er war, nachdem sein einziger, älterer Bruder Ebert in die Welt gegangen, um sein Glück in Herrendiensten zu versuchen, ganz allein in jene Gegend gekommen. Dieser Jüngling hatte sich, da er ganz unbegütert und an der Rückkehr in seine Vaterstadt durch das Exil gehindert war, der

Gefolgschaft des Herrn Ottokar angeschlossen und wurde von diesem seiner vortrefflichen ritterlichen Eigenschaften wegen sehr bevorzugt und gelobt, so oft er ihn auf der Reise oder zur Jagd begleitete, sowie auch zu Hause. So hatte Hildebrant häufige Gelegenheit, die Tochter des Herrn zu sehen und mit ihr zu reden und dem Gegenstand seiner sehnsüchtigen Wünsche nahe zu sein. Dennoch enthielt er sich, ihr seine glühende Liebe jemals, sei es auch nur durch Blicke oder Gebärden, zu offenbaren. Denn der Gedanke, seiner Liebe auf irgendeine nicht ehrbare Weise froh zu werden, lag diesem edelmütigen Jüngling so fern wie dem Morgen der Abend, und da er bei seiner traurigen Armut es für unmöglich hielt, Alinda jemals zum Weibe zu bekommen, wollte er lieber seine große Liebe für sich behalten, ja vielleicht an ihr zugrunde gehen, als die Ruhe und den Ruf der Dame auch nur der geringsten Gefahr auszusetzen.

So standen die Dinge, ohne sich irgend zu verändern, eine lange Zeit. Inzwischen hatte Herr Ottokar um unbekannter Ursachen oder Vorteile willen sich mit gewissen Feinden des Kaisers, dessen Lehnsmann er war, in enge und gefährliche Verbindung gesetzt. Mit Gottes Willen geschah es nun, daß der Kaiser Friedrich von dieser Sache Kunde erhielt, worüber er sich, wie man ja wohl glauben mag, höchlich erzürnte, so daß er den unseligen Herrn Ottokar aufs schwerste zu bestrafen schwur. Es wurde also dieser Herr sogleich gefangen genommen, in die Stadt geführt und daselbst in einem festen Kerker bewahrt, bis der Kaiser mit seinem Hof und Gericht dort eintraf. Alsdann hielt die kaiserliche Majestät mit allen ihren Herren und Räten ein stren-

ges Gericht über das Vergehen und lautete des Kaisers Urteilsspruch, daß der unglückliche Ottokar durch den Strang vom Leben zum Tode sollte gerichtet werden, sowie aller seiner Güter und Habe verlustig gehen.
Indessen war seine Tochter, das Fräulein Alinda, in großer Angst und Betrübnis in ihrem Hause geblieben, wo sie jener Hildebrant samt einigem andern Gefolge beschützte und vergeblich zu trösten versuchte. Als nun die Kunde von dem Todesurteil überall erscholl und auch in ihr Haus drang, da fiel das beklagenswerte Fräulein in ein rührendes Wehklagen und Weinen, daß niemand es mit ansehen konnte, ohne selbst in Tränen auszubrechen. Am meisten aber betrübte ihr tiefer Jammer den guten Hildebrant, welchem Alinda, obwohl er sie jetzt in Trauer und Armut gestürzt sah, beinahe noch besser als früher gefiel, so daß er zu ihrem Troste alles Erdenkbare zu tun versuchte. Als das arme Mädchen das bemerkte, duldete sie die Gegenwart des jungen Edelmannes, während sie alle anderen Tröster aus dem Zimmer schickte. Und nachdem sie eine Zeitlang sich der Tränen ersättigt hatte, bedachte sie als ein kluges und verständiges Fräulein ihre schwierige Lage und sagte darauf zu Hildebrant: »Ihr habet mir, lieber Herr, so mancherlei Trost und Güte erwiesen, daß ich es wage, eine Bitte an Euch zu richten.«
»Redet, verehrte Herrin«, erwiderte Hildebrant, »und wisset, daß Ihr nichts zu erbitten braucht, sondern über meine Person und geringen Kräfte ganz nach Euerm Gutdünken zu gebieten habet!«
»So höret denn!« fuhr Alinda fort. »Wie Ihr wohl wisset, ist meinem unglücklichen Vater nicht nur das Leben abgesprochen, sondern auch alle seine Güter sollen

ihm abgenommen werden, so daß ich von Stund an eine arme, besitzlose Waise bin. Wer weiß aber, ob mir nicht noch Schlimmeres widerfahren wird, wenn die Häscher oder Abgesandten des Kaisers kommen, um ihre Hand an dies Haus zu legen. Leicht könnten sie auch mich, die ich doch ganz schuldlos bin, in einen Kerker legen, und auch wenn mir die Freiheit erhalten bleibt, würde ich als ein schutzloses Mädchen vielen Gefahren an Leben und Ehre ausgesetzt sein. Darum ist meine Bitte, Ihr möget mir aus diesem Hause helfen, so daß ich in einem der benachbarten Klöster um Gastrecht bitten und das weitere abwarten mag, was Gott über mich verfügen will.«
Der junge Herr Hildebrant bewunderte die kluge Besonnenheit des Mädchen höchlich und erbot sich sogleich, ihr in allem zu Diensten zu sein. Also führte er sie, die sich in einen großen Männermantel gehüllt hatte, gegen Abend aus dem Hause und durch den Garten ins Freie; dann begleitete er sie bis zu einem nicht weit entfernt liegenden Kloster und verabschiedete sich dort sehr höfisch, indem er versprach, am folgenden Tag sie zu besuchen und ihr neue Nachrichten zu bringen.
Alinda wurde in jenem Kloster, das ihrem Vater manche Wohltaten verdankte, mit aller Freundlichkeit aufgenommen. Hildebrant aber ging in die Stadt hinein und erkundigte sich überall über den gefangenen Herrn Ottokar. Doch konnte er nichts weiter in Erfahrung bringen, als daß morgen um die und die Stunde sein Herr werde sterben müssen. Die Nacht schlief er unter freiem Himmel und begab sich am Morgen zeitig auf den Weg zur Richtstätte, auf dem schon eine große Schar von Neugierigen unterwegs war. Zur bestimm-

ten Stunde geschah alsdann, was Kaiser und Gesetz verlangten: Herr Ottokar wurde schimpflich an den Galgen gehängt und starb elend unter den Blicken des herbeigeströmten Volkes. Viele, und so auch der Jüngling Hildebrant, vergossen bei diesem kläglichen Anblick herzliche Tränen.

Nun hatte der Kaiser unter seiner sehr zahlreichen und glänzenden Gefolgschaft einen bevorzugten jungen Ritter, dem er häufig vielerlei Beweise seiner Zuneigung gab, was ebensosehr diesen Ritter beglückte, als die übrigen Höflinge mit Neid erfüllte. Dieser Ritter hieß mit Namen Ebert und zeigte sich eines so ehrenvollen Vertrauens in hohem Maße würdig. Da nun beschlossen war, daß der gehenkte Verschwörer acht Tage und Nächte sollte hängen bleiben, und da der Kaiser durchaus nicht wollte, daß der Körper etwa von den Angehörigen des Ottokar entwendet und ehrenvoll bestattet werde, rief er jenen Ebert zu sich und gab ihm den Auftrag, selber bei dem Leichnam die Wache zu halten, und verpflichtete ihn dazu aufs treulichste, unter Zusage eines reichen Geschenkes und unter Androhung schwerer Strafe, falls er dies Amt versäume. Darauf begab sich dieser edle junge Ritter sogleich auf die Richtstätte, und obwohl schon ein bestellter Wächter daselbst stand, blieb er doch dabei, wandelte in der Nähe umher und dachte sein Amt aufs allerbeste auszuführen. Und als gegen Abend der wachhaltende Söldner schläferte und mehrmals einschlummerte, hieß er ihn gehen und beschloß diese Nacht allein zu wachen.

Unterdessen war Hildebrant zum Kloster zurückgekehrt, um das Fräulein Alinda zu besuchen und ihr aufs neue seine Dienste anzubieten. Weil das Kloster in nächster

Nähe des Richtplatzes lag, wußte die unglückliche Tochter schon alles, was geschehen war, und der Jüngling fand sie in tiefstem Schmerz über den schmachvollen Tod ihres Herrn Vaters. Doch faßte sie sich nach einiger Zeit, und nachdem sie allerlei anderes mit ihm gesprochen hatte, sagte sie zu Hildebrant: »Ich weiß nicht, guter Herr, wie ich Euch für so viele Dienste und Beschützung danken soll. Möge Gottes Gerechtigkeit Euch alle diese Treue vielfach vergelten, darum will ich täglich beten. Wenn Ihr aber noch immer Mitleiden mit mir habet und Eurer Dienstfertigkeit noch nicht völlig müde seid, so bitte ich Euch und flehe Euch an, Ihr möget mir einen Rat geben, was ich weiter tun soll. Denn, wie Ihr wisset, bin ich eine Waise und habe nicht Haus noch Güter mehr.«

Bei diesen Worten des Mädchens schlug das Herz des Jünglings so gewaltig, daß er kaum zu sprechen vermochte und eine Weile brauchte, um sich zu sammeln. Er ließ sich aber auf ein Knie nieder und sagte zu ihr: »Da Ihr, verehrte Herrin, solche Worte an mich richtet, scheint es mir nicht länger gut zu sein, daß ich mein Geheimnis vor Euch verberge. Wisset, daß ich schon seit langer Zeit eine tiefe und herzliche Liebe zu Euch trage, die ich Euch jedoch sorgfältig verschwieg; denn da Ihr reich und mächtig waret, ich aber nur ein armer Edelmann, wie hätte da noch einige Hoffnung in mir leben sollen? Nun aber, da Ihr so arm wie ich geworden seid, ja noch ärmer, und eines Beschützers bedürfet, offenbare ich Euch diese meine Liebe und frage Euch, ob Ihr mich würdig findet, Euch in ehrbarer Weise als mein Ehegemahl heimzuführen. Aber auch wenn Ihr das verschmäht, bin ich doch bereit, Euch in jeder Weise zu dienen.«

Das Fräulein erfuhr mit Bewunderung von dieser Liebe, die Herr Hildebrant so lange in Treue und mit großen Schmerzen verborgen hatte. »Edler Herr«, sagte sie, »diese Eure treue Liebe scheint mir eine seltene Sache und wohl der Belohnung wert zu sein; auch kann ich ja bei meinen traurigen Umständen nichts Besseres wünschen, als einen so tapfern und guten Gemahl zu finden. Darum will ich Euern Wunsch gern erfüllen und Euch stets eine treue Freundin und Dienerin sein. Jedoch ziemt es mir heute keineswegs, an solche Dinge zu denken, indessen mein beklagenswerter Vater, der ja auch Euer Herr war, an einem schimpflichen Orte ohne christliche Bestattung verweilt. Also sei das die Probe Eurer Liebe, daß Ihr seinen teuern Leib von jenem Orte abholt und ehrlich begrabt, und wenn dies geschehen ist, sollt Ihr von Stunde an über mich als Eure Magd gebieten.« Sie gab dem Jüngling ihre rechte Hand, die er mit Ehrfurcht küßte, und er versprach, alles nach ihrem Befehl zu tun. Darauf entfernte er sich hochbeglückt, und da es gerade Abend wurde, begab er sich in die Nähe der Richtstätte, wo er sich in einem Gebüsch verbarg.

Während er aus diesem Hinterhalt den Galgen und den dabei stehenden Wächter im Auge behielt, um einen günstigen Augenblick für sein Unternehmen abzuwarten, ereignete sich eine andere Neuigkeit in demselben Kloster, in dem Alinda verborgen war. Es war nämlich dort vor wenigen Tagen ein vornehmer Pilger mit seiner Ehefrau eingetroffen; dieser war schwer erkrankt. Nun war er soeben gegen Abend seiner Schwäche erlegen, und sein noch junges und hübsches Weib erfüllte das Kloster mit ihrem Wehklagen.

Mittlerweile hielt unter dem Galgen der Ritter Ebert Wache, indem er auf und nieder schritt und häufig über das dunkle Feld hinweg spähte. Da jedoch eine lange Zeit sich niemand dem Platze näherte und mit der zunehmenden Nacht eine Totenstille rings umher entstand, setzte er sich endlich nieder, hüllte sich in seinen Mantel und gedachte ein wenig auszuruhen; darüber schlief er aber ein.

Dies hatte der im Gebüsch versteckte Hildebrant kaum gesehen, so stand er leise auf und näherte sich dem Platze. Da er den Wächter eingeschlummert fand, nahm er ihm sein Schwert hinweg, holte dann, so schnell er konnte, den Körper des Gehenkten vom Galgen und steckte ihn in einen mitgebrachten Sack. Da ihm aber der schlafende Ritter durch die Größe und Schönheit seiner Gestalt auffiel, gelüstete es ihn, ihm ins Gesicht zu schauen, und er tat es. Aber sowie er das getan und die Züge des Schläfers genau betrachtet hatte, erkannte er in ihm an sicheren Merkmalen seinen Bruder Ebert, der vor mehreren Jahren auf Herrendienste in die Welt gegangen war.

Bei diesem Erkennen kam er in große Herzensbedrängnis; denn er konnte sich leicht denken, welcher schweren Strafe sein Bruder verfallen müsse, wenn das Abhandenkommen des Leichnams an den Tag käme. Und fast eine Stunde blieb er in tiefer Bekümmernis und inneren Zweifeln vor dem Schlafenden stehen, während neben ihm der Sack mit der Leiche am Boden lag. Endlich jedoch besiegte die Liebe zu Alinda diejenige zu seinem Bruder; auch schien es ihm eine höhere Pflicht, dem unglücklichen Fräulein beizustehen, da Ebert als ein Mann und Ritter schon selber einen Ausweg aus der Gefahr finden würde. Also nahm er die Leiche mit, ließ jedoch dem Schlafenden sein Schwert, das er neben ihm in die Erde steckte. Dann eilte er mit seiner Last in ein Dorf, wo er den Pfarrer weckte und ihn nötigte, den Toten einzusegnen, den er dann in Eile begrub. Darauf sputete er sich und erreichte noch vor Beginn der Morgendämmerung den Galgen wieder, wo er aber Herrn Ebert vergebens suchte.

Dieser war nämlich nach einiger Zeit erwacht und hatte sogleich bemerkt, daß der Gehenkte gestohlen war. Darob erschrak er gewaltig, ging umher und suchte die Nachbarschaft ab, fand aber niemand; dann kehrte er zum Galgen zurück, setzte sich auf die Erde und gab sich seinem Schmerze hin. Denn er wußte wohl, daß er nun, selbst wenn er sein Versäumnis nicht mit dem Leben büßen müßte, doch die Freundschaft und Gnade des Kaisers verscherzt habe. Bald beschloß er zu fliehen, bald sich in sein Schwert zu stürzen; am Ende gedachte er aber, als ein kluger Mann, ob es ihm nicht möglich wäre, sich durch eine List zu erretten. Also beschloß er, an Stelle des Entwendeten eine andere Leiche zu hängen, um sich selber Leid und Unglück, dem Kaiser aber Ärger und Zorn zu ersparen. Da nun kein anderer bewohnter Ort in der Nähe war, begab er sich eilig in das benachbarte Kloster, wo jener verstorbene vornehme Pilger auf der Bahre lag.

Dieses Gestorbenen Weib erfüllte noch immer ihr Gemach mit auffallendem Klagen und Weinen. Als Ebert fragte, was dies bedeute, und alles erfuhr, trat er zu der Witwe ins Gemach, wo der Tote lag, und begann sie zu trösten. Zu Anfang hörte sie wenig auf ihn, da er aber immer eindringlicher redete, sie auch sah, wie

groß und schön und stattlichen Leibes er war, hörte sie auf zu klagen und horchte seinen Worten. Der junge Ritter bat sie, sie möge sich nicht weiter um den Toten grämen, dem damit nicht geholfen werde; das Leben sei besser denn der Tod, und da sie, wie er sehe, sich der Jugend und Schönheit noch in hohem Maße erfreue, werde sie ohne Zweifel sehr bald in einer neuen und glücklichen Heirat die gegenwärtige Trauer vergessen. Und da das Weib ihm mit Wohlgefallen zuhörte und, wie er wohl merkte, am liebsten sich gleich mit ihm selber getröstet hätte, erzählte er ihr in Eile seinen ganzen Zustand und bat sie um die Erlaubnis, ihren toten Gemahl an Stelle jenes anderen an den Galgen hängen zu dürfen. Die buhlerische Frau, deren Trauer schon völlig vergessen war, sagte Ja und half sogar dem Ritter, die Leiche in aller Stille auf die Richtstatt zu schleppen.
Als sie soweit waren und Ebert gerade den Toten in die Schlinge hängen wollte, rief er plötzlich: »O weh! Nun bin ich doch verloren! Jenem Gehenkten fehlte vorn im Munde ein Zahn, woran man ihn leicht erkannte; dieser aber hat noch alle Zähne. Und so war alles umsonst; denn man wird erkennen, daß es ein anderer ist.«
»Tröstet Euch«, rief da das freche Weib, »das Übel ist nicht groß.
Damit nahm sie einen Feldstein und brach dem Toten einen Zahn heraus. Dann hängte der Ritter die Leiche an den Galgen, und da er es getan hatte und seine Wacht wieder aufnahm, weil der Morgen graute, da bat ihn das Weib und sagte: »Ihr werdet wohl wissen, was Ihr mir versprochen habt und daß ich dies alles nicht umsonst möchte getan haben. Darum nehmt mich nun an

jenes Stelle zum Weibe; denn ich bin dazu bereit.« Da lachte Herr Ebert und sagte: »Liebe Dame, glaubt Ihr denn, ich möge ein Weib nehmen, das, wenn ich gestorben bin, mir mit einem Stein die Zähne ausbricht und mich an den Galgen hängt? Vielmehr geht fort und flieht mit aller Eile, denn seid gewiß: wenn jemand erfährt, was Ihr heute nacht getan habt, werdet Ihr gesteinigt werden. Euern Gemahl aber könnt Ihr mir ohne Sorge anvertrauen; ich werde gute Wacht bei ihm halten.« Da heulte das schändliche Weib laut auf, lief davon und verließ jene Gegend, so schnell sie konnte.

Da es nun heller Tag wurde, fand sich Hildebrant aufs neue bei dem Galgen ein, fand daselbst den Ritter Wache halten und war höchlich erstaunt, die Stelle des Gehenkten wieder besetzt zu finden. Er trat auf den Wächter zu, begrüßte ihn und begann ein Gespräch mit ihm.

»Edler Herr«, fragte er nämlich, »sagt doch, wessen ist die Leiche, die Ihr hier mit so vieler Sorgfalt bewacht?«

»Wißt Ihr's nicht?« antwortete Ebert. »Es ist ein gewisser Herr Ottokar, ein Edelmann, und ist um Hochverrat an den Galgen gekommen.«

»Ei«, rief da der Jüngling Hildebrant, »Ihr wollt Euch wohl über mich lustig machen? Denn verzeiht, dieser Gehenkte ist keineswegs Herr Ottokar, den ich sehr gut gekannt habe.«

Darüber erschrak Herr Ebert heftig, sagte aber: »Ihr täuscht Euch, junger Herr, oder wollt mich verhöhnen. Ich sage Euch, dies ist Ottokar, der Hochverräter, und ich bin von der Majestät des Kaisers zum Hüter bei ihm bestellt.«

Da lächelte Hildebrant und sagte vertraulich: »Ereifert Euch nicht darüber, werter Herr, da ich diese Sache am besten wissen muß. Der gestern Abend hier gehangen hat, war gewißlich der Edelmann Ottokar; aber der jetzt hier hängt, ist ein anderer. Das ist so gewiß wahr, als ich selbst diese Nacht Herrn Ottokar von diesem Galgen erlöst und mit meinen Händen begraben habe.«
Als dies Herr Ebert vernahm, sprang er auf und rief zornig: »Also Ihr seid der Dieb und gesteht es selbst? Wohlan, so zieht Euer Schwert und seid bereit zum Sterben.«
»Wartet ein wenig!« rief Hildebrant, noch immer lächelnd. »Lieber Herr Ritter, als ich in dieser Nacht vor Euch stand, indes Ihr schliefet, da war Euer Leben in meiner Hand und ich hätte Euch mit geringerer Mühe umgebracht, als man braucht, um einen Hasen zu erwürgen. Ich hatte jedoch Ursache, Euch Euer Schwert und Euer Leben zu lassen, und diese Ursache sollt Ihr nun erfahren. Aber saget mir zuvor: Heißt Ihr nicht mit Namen Ebert und seid der älteste Sohn eines verbannten Edelmanns?«
»Ja, der bin ich«, sagte der Ritter mit Verwunderung. »Wie mögt Ihr mich kennen, da ich Euch doch nie gesehen habe?«
»Wohl habt Ihr mich gesehen«, erwiderte Hildebrant, »aber da war ich um fünf Jahre jünger und sah noch wie ein Knabe aus. Auch habt Ihr oft mit mir gesprochen und sogar in einem Bett mit mir geschlafen; denn ich bin Euer Bruder Hildebrant.«
Da erkannte ihn jener, obwohl er sich sehr verändert hatte und ein Mann aus einem Knaben geworden war. Er umarmte und küßte ihn zärtlich, und nachdem sie

eine Weile gesprochen und einander betrachtet hatten, erzählte ihm Hildebrant alles, wie es geschehen war, und sagte zum Schlusse: »Wenn du wegen dieser Sache in Gefahr kommst, so weiß ich ein Mittel, dich völlig zu retten. Darum sei unbesorgt, und wenn es dir schlimm zu ergehen scheint, so wende dich sogleich an mich!«

Darauf ging er in das Kloster zurück; denn die schickliche Stunde war gekommen, um Fräulein Alinda einen Besuch zu machen. Mit großem Eifer berichtete er ihr die Entführung und Bestattung des Herrn Ottokar, wobei das liebevolle Mädchen wieder Tränen vergoß, dann aber ihm treulich Dank sagte und ihn zur selben Stunde als ihren rechtmäßigen Bräutigam begrüßte. Der glückliche Jüngling küßte sie öfter, als man zählen kann, dankte ihr und erzählte ihr nun auch alles, was sich in der Nacht ereignet und wie er seinen Bruder wiedergefunden habe.

Zwei Tage später geschah es, daß einige Herren aus des Kaisers Gefolge an der Richtstätte vorüber gingen, und da sie nach dem Galgen schauten, wollte es einem von ihnen scheinen, als sei es nicht mehr derselbe Körper, der dort oben hing, sondern ein etwas kleinerer. Ohne darum Herrn Ebert etwas davon zu sagen, da sie mißgünstige Leute waren, teilten sie am Abend zu einer gelegenen Stunde dies dem Kaiser Friedrich mit, der sich darob heftig betrübte und erzürnte. Und am folgenden Tage begab sich der Kaiser selbst auf den Richtplatz, wo Herr Ebert noch immer seines Amtes wartete.

»Undankbarer!« rief der Kaiser ihm zornig zu, »wie hast du deiner Treue und Pflicht vergessen! Denn ich weiß wohl, daß dieser Leichnam nicht der meines Feindes Ottokar ist, sondern ein anderer.«

»Gnädigster Herr«, antwortete der Wächter, »wer hat Euch doch solche arge Verleumdungen erzählt? Es ist jetzt der dritte Tag und war heute die dritte Nacht, daß ich nicht von diesem unseligen Ort gewichen bin, und ich hatte gehofft, Euch durch einen solchen Eifer meine Liebe und Treue zu beweisen, sehe nun aber wohl, daß böse Gesellen mir solches angetan und Euch schlimme Lügen über mich berichtet haben. Aber wohlan, Herr Kaiser, wenn Ihr mir nicht zu glauben vermögt, so sendet nach jenem Kloster, wo ein gewisser junger Ritter Hildebrant verweilt. Dieser hat den Gehenkten gut genug gekannt und mag entscheiden, ob er es sei oder nicht sei.«
Sogleich wurde Hildebrant herbeigebracht und vom Kaiser selber befragt, ob dieser Tote am Galgen der gehenkte Ottokar sei oder nicht.
»Gnädigster Herr Kaiser«, antwortete dieser, »da der Leichnam schon nahezu vier Tage und Nächte hier im Freien hängt, hat er sich sehr entstellt, und obwohl ich für gewiß glaube, daß es jener sei, mag ich es doch nicht mit völliger Sicherheit entscheiden. Aber wenn Ihr meinen höflichen Rat annehmen wollt, Herr Kaiser, so wisset, daß in diesem Kloster die eigene Tochter des Herrn Ottokar wohnt. Diese kennt ihn gewiß besser als irgendein anderer Mensch und wird es schnell an den Tag bringen.«
Der Kaiser hörte das mit Erstaunen und befahl, das Fräulein sogleich zu ihm her zu bringen. Sie wurde auch ohne jeden Verzug (denn es war alles zuvor wohlverabredet) von Hildebrant höflich herbeigeführt. Da der Kaiser ihre seltene Anmut sah, begrüßte er sie ritterlich und bat sie zu entscheiden. Sie aber betrachtete

den Toten einen Augenblick, wobei sie einige Tränen vergoß, und sagte leise: »Er ist es.« Da begleitete sie der Kaiser selbst in das Kloster zurück; dann aber lobte er seinen Ritter Ebert aufs höchste, bat ihn um Verzeihung und forderte ihn auf, sich irgendein Geschenk, sei es auch eine ganze Provinz, zu erbitten.

Nun berichtete dem Kaiser Herr Ebert die Geschichte und Umstände seines Bruders und der Alinda und schloß mit den Worten: »Für mich erbitte ich keinerlei Gnade, als daß es mir ferner vergönnt werde, Eurer erlauchten Person mit meinen geringen Kräften wie bisher zu dienen. Wollt Ihr aber würdigen und dankbaren Leuten eine Wohltat erweisen, so gedenkt meines Bruders und der Alinda, die beide an der Verschuldung des Herrn Ottokar keinen Teil gehabt haben und Euch treue Diener sein werden.« Der Kaiser war voll Verwunderung über diese Geschichte, umarmte seinen Ritter mit Zärtlichkeit und dankte ihm; seinen Bruder Hildebrant aber belehnte er mit allen Gütern des Herrn Ottokar. Dessen vermeintlichen Leib ließ er abnehmen und begraben, so daß der unschuldige Pilger doch endlich noch zu seiner verdienten Ruhe kam.

Über diese Begebenheiten wurde eine Zeitlang überall gesprochen. Aber später, nachdem Kaiser Friedrich das Zeitliche gesegnet hatte, wurde auch der wahre Verhalt der Sache mehr und mehr bekannt, und während die übrigen Begebenheiten allmählich in Vergessenheit gerieten, erzählte man noch lange Zeit keine Geschichte so häufig, wie die von der so schnell getrösteten Witwe, die ihrem toten Mann den Zahn ausschlug und an den Galgen half, und so steht sie auch in allen alten Historien- und Novellenbüchern zu lesen. (1904)

Der Tod des Bruders Antonio

Hochzuverehrende Dame und liebe Schwester in Jesu! Eurer mir zugekommenen Bitte gemäß schreibe ich Euch im gegenwärtigen Briefe jene Dinge, von welchen Ihr zu hören wünschet, ohne mich der Mühe gereuen zu lassen. Denn zwar seid Ihr mir, wie Ihr wisset, durchaus unbekannt; jedoch muß ich glauben, Ihr habet in früheren Zeiten den Entschlafenen wohl gekannt, und so möget Ihr dieses mit Nachsicht für meine Schwachheit lesen und bedenken.

Viele Menschen trifft der Tod, welchen der selige Poverello unsern lieben Bruder nannte, als eine leichte und willige Beute an. Andre, und unter ihnen sind manche fromme sowohl wie mutige Leute, ergeben sich ihm nur nach hartem Kampfe und wider ihren Willen wie einem nicht genug zu hassenden Feinde. Unter diese zählt mein verehrter Mitbruder Antonio, dessen Hinscheiden mich mit tiefem Grauen und mit einem solchen Erstaunen erfüllte, daß ich keines seiner Worte und keine Falte seines Gesichtes noch eine Bewegung seiner Hände vergessen habe.

Freilich habe ich den Augenblick seines Sterbens nicht gesehen, wohl aber verweilte ich bis ganz kurz zuvor an seinem Lager. Ich will alles das, was ich davon weiß, aufschreiben und Euch fleißig berichten. Auch hindert mich meine wahrhafte Verehrung für den Seligen nicht, denn ich bin nach vielem Nachdenken zu dem sicheren Glauben gekommen, daß Antonio eines löblichen Todes gestorben und von Gott in Gnaden als ein treuer Knecht empfangen worden sei.

Es geschah an einem kühlen Morgen, und es sind seither vier Monate vergangen, daß ein Bote des Bruders Antonio zu mir kam und mir zurief: Erhebe dich flugs und eile, denn unser Vater Antonio liegt auf den Tod und wird nicht viele Stunden mehr leben. Da erschrak ich, ergriff meinen Stab und folgte dem Manne in großer Eile über den Berg. Der Weg ist weit, auch steil und beschwerlich, und wir wanderten sechs Stunden, ehe wir rasteten, und nochmals zwei Stunden, während Trauer und große Unruhe unsere Herzen bedrängte, so daß keiner mehr als einige unbedeutende Worte reden mochte. Und der Bote, welcher zuvor die halbe Nacht durchlaufen hatte, um mich zu holen, ermattete so sehr, daß ich ihn am Wege ließ und allein das Ziel erreichte. So rasch, als wäre ich um viele Jahre jünger, erklomm ich den Hügel unseres Bruders und fand ihn in seiner Hütte auf dem Lager schlafend. Er lag ruhig, atmete schwächlich, und sein Angesicht war vom Tode gezeichnet. Da setzte ich mich neben das Bett, ergriff seine rechte Hand mit Vorsicht und hütete seiner. Nun ich aber hoch bejahrt und müden Leibes von der weiten Fußreise war, geschah es mir, daß ich entschlummerte, und wohl eine Stunde verging, bis ich wieder erwachte. Und siehe, da hielt der Kranke meine Hand und hatte die Augen nach mir gerichtet, redete aber nichts. Ich war beschämt, weil ich geschlafen hatte, und sehr beklommen.

»Bruder Antonio«, sagte ich, »siehe, ich bin gekommen, um Abschied von dir zu nehmen. Selig bist du, der du Gottes Thron so nahe stehst.«

Antonio schwieg stille und lächelte auf eine besondere Weise, als glaubte er meinen Worten nicht. Ich meinte nun, er spotte meines Schlafes, demütigte mich daher und bat um seine Verzeihung, fragte auch, welcherlei Dienst ich ihm erweisen könnte.

»Öffne die Türe weit!« sagte er zu mir. Und ich tat, wie er befohlen hatte. Und da er wieder schwieg, fragte ich nochmals, welcherlei Dienst er von mir begehre.

»Öffne auch das Dach!« erwiderte er, indem er nach oben deutete. Und ich ging aus der Hütte und hob zwei Bretter aus ihrem Dache und war voll Verwunderns, was dies bedeuten sollte. Als ich wieder an sein Lager trat, hingen seine Blicke an der Öffnung des Daches. Nun lächelte er wieder auf jene wunderliche Art.

»Ich habe seit sechs Tagen den Himmel nicht gesehen«, rief er mir entgegen und bat, ich möge wieder neben ihm sitzen. Ich willfahrte sogleich, und er begann nun plötzlich laut und gewaltig zu reden. Seine Augen glänzten wie Kerzen, und seine Hände bewegten sich wie die Hände eines Mannes, der zu einer Volksmenge redet. Und seine Worte waren diese:

»Ihr, die ihr vom Leben und vom Tode sprecht, was wißt ihr denn? Und welcher von euch ist schon einmal des bitteren Todes gestorben, daß er ihn möge kennen? Aber ihr wisset auch wenig vom Leben, denn eure Augen sind trüb und eure Sinne faul. Ich aber weiß, was das Leben sei, denn mein Auge ist hell gewesen, und heute steht der Tod an meinem Lager. Ich weiß, wie groß und voll von Wundern die Erde ist und wie schön und grausam das Meer. Und wahrlich, der schmale Strahl, den die Sonne hierher in meine Hütte sendet, ist mir mehr Freude, als ich je an Menschen gehabt habe.

O süße Sonne! O weiter Raum der Ferne! O ihr Ber-

ge, auf denen ich stand, und ihr Bäche, aus denen ich getrunken habe! O meine ferne Heimat und o du meine Jugend!
Ihr armen, unseligen Menschen, wie läuft euer Leben spärlich und ohne Wonne hin gleich einem trüben Gewässer, das vor seiner Zeit im Sand verendet! O öffnet doch eure Augen und nehmt wahr, wie wundersam und köstlich die Erde ist, auf welcher ihr wohnt! O schaut doch, wie sanft und geheimnisvoll ein Tal ist, das der Mond bescheint, und wie voll Glanzes das Meer, aus welchem die Sonne sich erhebt!«
Mir erschien diese Rede sonderbar, und ich besorgte, mein Bruder möchte die Augen schließen, ohne Gottes Namen im Munde zu haben. Daher stieß ich ihn leise an und winkte ihm mit der Hand. Er aber schwieg eine kleine Zeit und lächelte, dann sprach er mit sehr leiser Stimme zu mir:
»Bruder Gennaro, auf deinem heutigen Gange bist du über den Rücken des Hügels gekommen, von dessen Höhe man zugleich das Meer und das große Schneegebirge erblicken kann. Es steht ein Ahornbaum an jener Stelle und ein Bildnis der heiligen Mutter der Schmerzen. Kennst du jene Stelle?«
Da ich bejahte, fuhr er fort: »Gut, du kennst sie. Du hast vielleicht manchmal von dort aus die Sturmwinde über die See herziehen sehen, und über den fernen weißen Bergen den blauen Luftraum und die lichten Wolken. Und du sahst den Ahornbaum und lagst ruhend in seinem runden Schatten. Und du atmetest den Geruch seiner Blätter und die Luft des Meeres, und deine Blicke wanderten dir voraus, die schönen, hellen Wiesen hinabwärts.«

»Ja«, sagte ich, »es ist alles so, wie du mir da sagst, und ich habe dieses alles oft gesehen.«

»Es ist gut«, sprach Antonio. »Nun siehe, alle diese Dinge werde ich nie mehr erblicken, weder die Berge noch den Ahornbaum, noch auch das Meer oder die hellen Wiesen.«

»So ist es«, antwortete ich, »du wirst nicht mehr an jenen Ort kommen, sondern du wirst zu den Engeln Gottes eingehen.«

»Und die Stadt, in der ich geboren wurde«, fuhr er fort, »und unsern Strom und all dieses werde ich nie mehr sehen?«

»Nein«, sagte ich wieder, »denn Gott will es so.«

»O mein Bruder«, schrie er nun laut, »jenen Strom und den blauen Himmel und alle diese schönen und köstlichen Dinge der Erde liebe ich mehr als dich und alle Menschen und als alle Engel Gottes!«

Da erschrak mein Herz so sehr, daß ich bleich wurde, und ich sank auf meine Knie nieder und betete zu Gott. Dann erhob ich mich und sprach zu dem Kranken: »Ich habe nicht gehört, was du sagtest. Aber ich flehe dich an, sage mir, daß du Gott mehr liebst als alle Meere und köstlichen Dinge dieser Erde!«

Und er neigte sich ein wenig; da sah ich, daß seine Augen voll von Tränen standen. Und er sprach: »Herr Gott, ich liebe dich mehr denn mein eigenes Leben, sei meiner Seele gnädig.«

Darauf wurde er still, und ich saß neben ihm, und wir weinten und seufzten, bis die Sonne aus der Hütte wich. Als dies geschah, schrie er nochmals überaus heftig und reckte die Arme aus. Ich glaubte, es nehme ein Ende mit ihm und gab ihm das heilige Sakrament. Er

verharrte schweigend in großer Demut, dankte mir auch hernach mit herzlichen Worten. Alsdann bat er mich, hinwegzugehen.
»Gehe nun«, sprach er, »mein lieber Bruder; man wird dich drüben vermissen. Laß mich allein sterben; denn ich weiß, du würdest von dieser Stunde an den Tod fürchten wie ein Feuer. Laß mich dich segnen!«
Er segnete mich mit großer Inbrunst und küßte mich, wie ein Vater seinen Sohn, obwohl er nur wenig älter war als ich. Und ich ließ ihn, weil er es so wollte, und ging meines Weges zurück. Meine Seele war aber voll Zagens, und mein Herz brach vor Trauer und Beklemmung. Unter Beten und Seufzen schritt ich meine Straße, und da ich den Ahornbaum erreichte und das Meer vom aufgehenden Monde glänzen sah, übermannte mich meine Trübsal, daß ich zur Erde fiel und lange liegend verharrte wie ein Erschlagener. Indem ich mich aber wieder von der Erde erhob, sah ich die weiten Täler diesseits und jenseits in weißem Lichte und den Himmel voll von Sternen stehen.
Seit derselben Stunde habe ich des teuren Bruders Antonio niemals vergessen, vielmehr häufig seiner Reden und alles dessen gedacht, was ich von seinem Wandel und Gemüte wußte. Dabei ersah ich die unerschöpfliche Macht und Liebe Gottes, welcher diesen Antonio zu einem seligen Weisen gemacht hat. Denn vordem war derselbe nicht nur ein wohlhabender Edelmann und Schwelger, sondern auch ein Dichter und wohlbekannter Freund weltlicher Wissenschaft, ja selbst des Griechischen und vieler anderer Künste mächtig, deren unsre arme Seele nicht bedarf. So soll er in sündhafter Liebe zu einer vornehmen Frau gestanden sein und derselben

ein ganzes Büchlein lateinischer Verse gewidmet haben. Auch zu der Zeit, da ich ihn schon kannte und wegen seiner Frömmigkeit und Weisheit hoch verehrte, redete er mehrere Male nach Art der Dichter, gleichsam verzückt, und sprach zu Bergen und Winden, als wären sie einer Seele teilhaftig. Und einmal verwies ich ihn dessen mit Bescheidenheit als eines unheiligen, ja heidnischen Wesens. Da lachte er unerschrocken und sagte: »Weißt du denn nicht, daß der Poverello alle diese Dinge unsre Geschwister nennt und daß er selbst den Vögeln und anderen Tieren gepredigt hat? Wahrlich, ich weiß, daß jedes Gras auf dem Felde heilig und Gott teuer ist. Und auch die Fische, welche doch stumm sind und unter dem Wasser hausen, sind ihm lieb, und der heilige Mann, dessen Namen ich trage, hat ihnen das Evangelium gepredigt.«

Auf solche Weise war sein Herz, welches gegen Menschen sich manchmal hart und streng erwies, jeglicher Art von natürlichen und anmutigen Dingen zugeneigt, wie er denn auch alle Tiere und selbst die kleinen Fliegen und Käfer heilig nannte und mit großer Schonung behandelt hat. Denn er sagte einmal: »Wenn du einem Menschen weh tust, so kann er dafür Rache nehmen oder kann dir verzeihen. Die unschuldigen Pflanzen und Tiere aber sind von Gott in des Menschen Hand gegeben, daß er sie liebe und mit ihnen wie mit schwächeren Geschwistern lebe. Wenn du einem Menschen Liebes erweist, so bezahlt dich dafür sein Dank und seine Liebe; wenn du aber einen Käfer, Fisch oder Vogel oder ein Gewächs oder Gesträuche verschonst, ja ihm Liebe zeigst, so tust du es Gott. Und wenn du als ein fromm gestorbener Christ und Prediger vor ihm stehst, so wird er vielleicht dich fragen: Warum hast du denn diesen Wurm zertreten? Warum hast du diese Blume abgebrochen und weggeworfen? Warum hast du diesen Zweig geknickt? Dies alles hast du mir getan.«

Vor mehr als zehn Jahren verfaßte Antonio ein sehr langes und schönes Gedicht über die Bienen und ihre Weise, wie sie in Völkern zusammenleben und auf merkwürdige Art den Honig zubereiten. Dies hat er selbst mir vorgelesen, und ich bewunderte die Wahrhaftigkeit und Schönheit seiner Worte sehr. Als ich ihn aber ein andermal fragte, warum er – da doch Gott ihn zu einem Dichter geschaffen habe – nicht lieber das Leiden des Erlösers oder das Leben der seligen Väter besungen habe, da ward er sehr ernst und verwies mir meine Rede. »Denn siehe«, sagte er, »wie sollte ich es wagen, Gott und seinen heiligen Namen in Versen zu beschreiben, da mir das kleinste seiner Werke, gleich jenen Bienen, so wunderbar und schwer zu begreifen ist.«

Genug jedoch hiervon. Ihr wollt vom Hinscheiden des Antonio vernehmen, so schreibe ich denn hierüber noch das wenige auf, das mir nachträglich zu Ohren kam.

Kurze Zeit, nachdem ich den Sterbenden verlassen hatte, wie es sein eigener Befehl gewesen war, besuchte ihn ein Ziegenhirte aus Torre, und dieser ist bis zum Tode unseres Bruders bei selbigem geblieben. Er fand ihn sehr entkräftet, aber mit offenen Augen liegend, und da er ihn fragte, welcherlei Dienst er ihm erweisen könnte, dankte ihm Bruder Antonio mit schwacher Stimme, jedoch ohne irgendeine Hilfeleistung zu begehren. Und nach einer Weile begann er sehr leise zu sprechen bei vollem Bewußtsein. Er fragte nämlich diesen Hirten nach seiner Herde, und zwar sowohl nach der Zahl seiner Ziegenböcke als nach deren Namen, Alter und Art, nicht anders, als ein Hirte mit seinesgleichen redet. Darauf fragte er: »Hast du auch junge Zicklein in deiner Herde?«, welches der Hirt bejahte. Und jener nannte ihm verschiedene Kräuter als Heilmittel für junge Tiere, wenn sie krank sind. Und einige von den Kräutern waren dem Ziegenhirten bekannt, einige aber nicht, und diese beschrieb ihm der Sterbende mit äußerster Deutlichkeit.

»Vergiß nicht«, sagte er, »daß alle diese Tierlein, sie seien noch so gering, von Gott geschaffen und lebendige Wunder seiner Güte sind. Ihnen mußt du Liebes antun, nicht mir, denn sieh, ich bin ein zerbrochenes Gefäß, und mein Leben entrinnt durch eine unheilbare Lücke. Du sollst aber jeden Tag deines Lebens an mich denken, damit du deines Lebens froh seist, solange es währt. Denn einst wird auch deine Kraft versiegen, und du wirst den Tod schmecken, welcher bitterer ist, als ein Gedanke denken mag. So schwer dein Leben sein möge, Freund, noch viel schwerer und schrecklicher ist der Tod. Dieses wisse und freue dich deiner Tage, solange du des Lebens genießest.«

Dann ruhte er lang, und seine Kräfte entflohen. Doch redete er noch einmal, und zwar diese seltsamen Worte: »Wer eine Frau begehrt und lieb hat, und er weiß nicht, ob sie ihn wieder begehre, der leidet und hat böse Tage, und jeder Mann erfährt dieses an seinem Herzen. Wer aber Gott begehrt und Gott lieb hat, der leidet schwerer, und sein Leiden endet nicht, da er niemals weiß, ob er der Liebe Gottes gewiß sei.«

Nach diesem sprach er nichts mehr. Der Hirt aber erzählte, der Selige habe mit immer klareren Augen um sich geblickt, auch seine eigene Hand eindringlich und gleichsam verwundert betrachtet und dann öftere Male mit dem Kopfe genickt. Dann habe er auf eine unbeschreiblich gütige und traurigmachende Weise gelächelt und sei bald hernach verschieden. Möge er in Frieden ruhen!

Mehr weiß ich über diesen Gegenstand nicht zu berichten. Nehmet dies wenige mit Güte an, und Gott segne Euch! Dieses wünscht Euer Diener und Bruder in Jesu Fra Gennaro.

(1904)

Casanovas Bekehrung

I

In Stuttgart, wohin der Weltruf des luxuriösen Hofhaltes Karl Eugens ihn gezogen hatte, war es dem Glücksritter Jakob Casanova nicht gut ergangen. Zwar hatte er, wie in jeder Stadt der Welt, sogleich eine ganze Reihe von alten Bekannten wieder getroffen, darunter die Venetianerin Gardella, die damalige Favoritin des Herzogs, und ein paar Tage waren ihm in der Gesellschaft befreundeter Tänzer, Tänzerinnen, Musiker und Theaterdamen heiter und leicht vergangen. Beim österreichischen Gesandten, bei Hofe, sogar beim Herzog selber schien ihm gute Aufnahme gesichert. Aber kaum warm geworden, ging der Leichtfuß eines Abends mit einigen Offizieren zu Weibern, es wurde gespielt und Ungarwein getrunken, und das Ende des Vergnügens war, daß Casanova viertausend Louisdor in Marken verspielt hatte, seine kostbaren Uhren und Ringe vermißte und in jämmerlicher Verfassung sich zu Wagen nach Hause bringen lassen mußte. Daran hatte sich ein unglücklicher Prozeß geknüpft, es war so weit gekommen, daß der Wagehals sich in Gefahr sah, unter Verlust seiner gesamten Habe als Zwangssoldat in des Herzogs Regimenter gesteckt zu werden. Da hatte er es an der Zeit gefunden, sich dünn zu machen. Er, den seine Flucht aus den venetianischen Bleikammern zu einer Berühmtheit gemacht hatte, war auch seiner Stuttgarter Haft schlau entronnen, hatte sogar seine Koffer gerettet und sich über Tübingen nach Fürstenberg in Sicherheit gebracht.
Dort rastete er nun im Gasthause. Seine Gemütsruhe

hatte er schon unterwegs wieder gefunden, immerhin hatte ihn aber dies Mißgeschick stark ernüchtert. Er sah sich an Geld und Reputation geschädigt, in seinem blinden Vertrauen zur Glücksgöttin enttäuscht und ohne Reiseplan und Vorbereitungen über Nacht auf die Straße gesetzt.

Dennoch machte der bewegliche Mann durchaus nicht den Eindruck eines vom Schicksal Geschlagenen. Im Gasthof ward er seinem Anzug und Auftreten entsprechend als ein Reisender erster Klasse bewirtet. Er trug eine mit Steinen geschmückte goldene Uhr, schnupfte bald aus einer goldenen Dose, bald aus einer silbernen, stak in überaus feiner Wäsche, zartseidenen Strümpfen, holländischen Spitzen, und der Wert seiner Kleider, Steine, Spitzen und Schmucksachen war erst kürzlich von einem Sachverständigen in Stuttgart auf hunderttausend Franken geschätzt worden. Deutsch sprach er nicht, dafür ein tadelfreies Pariser Französisch, und sein Benehmen war das eines reichen, verwöhnten, doch wohlwollenden Vergnügungsreisenden. Er machte Ansprüche, sparte aber auch weder an der Zeche noch an Trinkgeldern.

Nach seiner überhetzten Reise war er abends angekommen. Während er sich wusch und puderte, wurde ihm auf seine Bestellung ein vorzügliches Abendessen bereitet, das ihm nebst einer Flasche Rheinwein den Rest des Tages angenehm und rasch verbringen half. Darauf ging er zeitig zur Ruhe und schlief ausgezeichnet bis zum Morgen. Erst jetzt ging er daran, Ordnung in seine Angelegenheiten zu bringen.

Nach dem Frühstück, das er während des Ankleidens zu sich nahm, klingelte er, um Tinte, Schreibzeug und

Papier zu bestellen. In Bälde erschien ein hübsches Mädchen mit guten Manieren und stellte die verlangten Sachen auf den Tisch. Casanova bedankte sich artig, zuerst in italienischer Sprache, dann auf französisch, und es zeigte sich, daß die hübsche Blonde diese zweite Sprache verstand.

»Sie können kein Zimmermädchen sein«, sagte er ernst, doch freundlich. »Gewiß sind Sie die Tochter des Hoteliers.«

»Sie haben es erraten, mein Herr.«

»Nicht wahr? Ich beneide Ihren Vater, schönes Fräulein. Er ist ein glücklicher Mann.«

»Warum denn, meinen Sie?«

»Ohne Zweifel. Er kann jeden Morgen und Abend der schönsten, liebenswürdigsten Tochter einen Kuß geben.«

»Ach, geehrter Herr! Das tut er ja gar nicht.«

»Dann tut er Unrecht und ist zu bedauern. Ich an seiner Stelle wüßte ein solches Glück zu schätzen.«

»Sie wollen mich in Verlegenheit bringen.«

»Aber Kind! Seh' ich aus wie ein Don Juan? Ich könnte Ihr Vater sein, den Jahren nach.«

Dabei ergriff er ihre Hand und fuhr fort: »Auf eine solche Stirne den Kuß eines Vaters zu drücken, muß ein Glück voll Rührung sein.«

Er küßte sie sanft auf die Stirn.

»Gestatten Sie das einem Manne, der selbst Vater ist. Übrigens muß ich Ihre Hand bewundern.«

»Meine Hand?«

»Ich habe Hände von Prinzessinnen geküßt, die sich neben den Ihren nicht sehen lassen dürften. Bei meiner Ehre!«

Damit küßte er ihre Rechte. Er küßte sie zuerst leise und achtungsvoll auf den Handrücken, dann drehte er sie um und küßte die Stelle des Pulses, darauf küßte er jeden Finger einzeln.
Das rot gewordene Mädchen lachte auf, zog sich mit einem halb spöttischen Knicks zurück und verließ das Zimmer.
Casanova lächelte und setzte sich an den Tisch. Er nahm einen Briefbogen und setzte mit leichter, eleganter Hand das Datum darauf: »Fürstenberg, 6. April 1760.« Dann begann er nachzudenken. Er schob das Blatt beiseite, zog ein kleines silbernes Toilettenmesserchen aus der Tasche des samtnen Gilets und feilte eine Weile an seinen Fingernägeln.
Alsdann schrieb er rasch und mit wenigen Pausen einen seiner flotten Briefe. Er galt jenen Stuttgarter Offizieren, die ihn so schwer in Not gebracht hatten. Darin beschuldigte er sie, sie hätten ihm im Tokayer einen betäubenden Trank beigebracht, um ihn dann im Spiel zu betrügen und von den Dirnen seiner Wertsachen berauben zu lassen. Und er schloß mit einer schneidigen Herausforderung. Sie möchten sich binnen drei Tagen in Fürstenberg einfinden, er erwarte sie in der angenehmen Hoffnung, sie alle drei im Duell zu erschießen und dadurch seinen Ruhm in Europa zu verdoppeln.
Diesen Brief kopierte er in drei Exemplaren und adressierte sie einzeln nach Stuttgart. Während er dabei war, klopfte es an der Tür. Es war wieder die hübsche Wirtstochter. Sie bat sehr um Entschuldigung, wenn sie störe, aber sie habe vorher das Sandfaß mitzubringen vergessen. Ja, und da sei es nun, und er möge entschuldigen.
»Wie gut sich das trifft!« rief der Kavalier, der sich vom

Sessel erhoben hatte. »Auch ich habe vorher etwas vergessen, was ich nun gutmachen möchte.«
»Wirklich? Und das wäre?«
»Es war eine Beleidigung Ihrer Schönheit, daß ich es unterließ, Sie auch noch auf den Mund zu küssen. Ich bin glücklich, es nun nachholen zu können.«
Ehe sie zurückweichen konnte, hatte er sie um das Mieder gefaßt und zog sie an sich. Sie kreischte und leistete Widerstand, aber sie tat es mit so wenig Geräusch, daß der erfahrene Liebhaber seinen Sieg sicher sah. Mit einem feinen Lächeln küßte er ihren Mund, und sie küßte ihn wieder. Er setzte sich in den Sessel zurück, nahm sie auf den Schoß und sagte ihr die tausend zärtlich neckischen Worte, die er in drei Sprachen jederzeit zur Verfügung hatte. Noch ein paar Küsse, ein Liebesscherz und ein leises Gelächter, dann fand die Blonde es an der Zeit, sich zurückzuziehen.
»Verraten Sie mich nicht, Lieber. Auf Wiedersehn!«
Sie ging hinaus. Casanova pfiff eine venetianische Melodie vor sich hin, rückte den Tisch zurecht und arbeitete weiter. Er versiegelte die drei Briefe und brachte sie dem Wirt, daß sie per Eilpost wegkämen. Zugleich tat er einen Blick in die Küche, wo zahlreiche Töpfe überm Feuer hingen. Der Gastwirt begleitete ihn.
»Was gibt's heute Gutes?«
»Junge Forellen, gnädiger Herr.«
»Gebacken?«
»Gewiß, gebacken.«
»Was für Öl nehmen Sie dazu?«
»Kein Öl, Herr Baron. Wir backen mit Butter.«
»Ei so. Wo ist denn die Butter?«
Sie wurde ihm gezeigt, er roch daran und billigte sie.

»Sorgen Sie täglich für ganz frische Butter, so lange ich da bin. Auf meine Rechnung natürlich.«
»Verlassen Sie sich darauf.«
»Sie haben eine Perle von Tochter, Herr Wirt. Gesund, hübsch und sittsam. Ich bin selbst Vater, das schärft den Blick.«
»Es sind zwei, Herr Baron.«
»Wie, zwei Töchter? Und beide erwachsen?«
»Gewiß. Die Sie bedient hat war die ältere. Sie werden die andere bei Tisch sehen.«
»Ich zweifle nicht, daß sie Ihrer Erziehung nicht weniger Ehre machen wird als die Ältere. Ich schätze an jungen Mädchen nichts höher als Bescheidenheit und Unschuld. Nur wer selbst Familie hat, kann wissen, wie viel das sagen will und wie sorgsam die Jugend behütet werden muß.«
Die Zeit vor der Mittagstafel widmete der Reisende seiner Toilette. Er rasierte sich selbst, da sein Diener ihn auf der Flucht aus Stuttgart nicht hatte begleiten können. Er legte Puder auf, wechselte den Rock und vertauschte die Pantoffeln mit leichten, feinen Schuhen, deren goldene Schnallen die Form einer Lilie hatten und aus Paris stammten. Da es noch nicht ganz Essenszeit war, holte er aus einer Mappe ein Heft beschriebenes Papier, an dem er mit dem Bleistift in der Hand sogleich zu studieren begann.
Es waren Zahlentabellen und Wahrscheinlichkeitsrechnungen. Casanova hatte in Paris den arg zerrütteten Finanzen des Königs durch Inszenierung von Lottobüros aufgeholfen und dabei ein Vermögen verdient. Sein System zu vervollkommnen und in geldbedürftigen Residenzen, etwa in Berlin oder Petersburg einzuführen,

war einer von seinen hundert Zukunftsplänen. Rasch und sicher überflog sein Blick die Zahlenreihen, vom deutenden Finger unterstützt, und vor seinem inneren Auge balancierten Summen von Millionen und Millionen.

Bei Tische leiteten die beiden Töchter die Bedienung. Man aß vorzüglich, auch der Wein war gut, und unter den Mitgästen fand Casanova wenigstens einen, mit dem ein Gespräch sich lohnte. Es war ein mäßig gekleideter, noch junger Schöngeist und Halbgelehrter, der ziemlich gut italienisch sprach. Er behauptete, auf einer Studienreise durch Europa begriffen zu sein und zur Zeit an einer Widerlegung des letzten Buches von Voltaire zu arbeiten.

»Sie werden mir Ihre Schrift senden, wenn sie gedruckt ist, nicht wahr? Ich werde die Ehre haben, mich mit einem Werk meiner Mußestunden zu revanchieren.«

»Es ist mir eine Ehre. Darf ich den Titel erfahren?«

»Bitte. Es handelt sich um eine italienische Übersetzung der Odyssee, an der ich schon längere Zeit arbeite.«

Und er plauderte fließend und leichthin viel Geistreiches über Eigentümlichkeit, Metrik und Poetik seiner Muttersprache, über Reim und Rhythmus, über Homer und Ariosto, den göttlichen Ariosto, von dem er etwa zehn Verse deklamierte.

Doch fand er daneben auch noch Gelegenheit, den beiden hübschen Schwestern etwas Freundliches zu sagen. Und als man sich vom Tisch erhob, näherte er sich der Jüngeren, sagte ein paar respektvolle Artigkeiten und fragte sie, ob sie wohl die Kunst des Frisierens verstehe. Als sie bejahte, bat er sie, ihm künftig morgens diesen Dienst zu erweisen.

»O, ich kann es ebensogut,« rief die Ältere.
»Wirklich. Dann wechseln wir ab.« Und zur Jüngeren: »Also morgen nach dem Frühstück, nicht wahr?«
Nachmittags schrieb er noch mehrere Briefe, namentlich an die Tänzerin Binetti in Stuttgart, die seiner Flucht assistiert hatte und die er nun bat, sich um seinen zurückgebliebenen Diener zu bekümmern. Dieser Diener hieß Leduc, galt für einen Spanier und war ein Taugenichts, aber von großer Treue, und Casanova hing mehr an ihm, als man bei seiner Leichtfertigkeit für möglich gehalten hätte.
Einen weiteren Brief schrieb er an seinen holländischen Bankier und einen an eine ehemalige Geliebte in London. Dann fing er an zu überlegen, was weiter zu unternehmen sei. Zunächst mußte er die drei Offiziere erwarten, sowie Nachrichten von seinem Diener. Beim Gedanken an die bevorstehenden Pistolenduelle wurde er ernst und beschloß, morgen sein Testament nochmals zu revidieren. Wenn alles gut abliefe, gedachte er auf Umwegen nach Wien zu gehen, wohin er manche Empfehlungen hatte.
Nach einem Spaziergang nahm er seine Abendmahlzeit ein, dann blieb er lesend in seinem Zimmer wach, da er um elf Uhr den Besuch der älteren Wirtstochter erwartete.

Ein warmer Föhn blies um das Haus und führte kurze Regenschauer mit. Casanova brachte die beiden folgenden Tage ähnlich zu wie den vergangenen, nur daß jetzt auch das zweite Mädchen ihm öfters Gesellschaft leistete. So hatte er neben Lektüre und Korrespondenz genug damit zu tun, der Liebe froh zu werden und beständig

drohende Überraschungs- und Eifersuchtsszenen zwischen den beiden Blonden umsichtig zu verhüten. Er verfügte weise abwägend über die Stunden des Tages und der Nacht, vergaß auch sein Testament nicht und hielt seine schönen Pistolen mit allem Zubehör bereit.
Allein die drei geforderten Offiziere kamen nicht. Sie kamen nicht und schrieben nicht, am dritten Wartetag so wenig wie am zweiten. Der Abenteurer, bei dem der erste Zorn längst verkühlt war, hatte im Grunde nicht viel dagegen. Weniger ruhig war er über das Ausbleiben Leducs, seines Dieners. Er beschloß noch einen Tag zu warten. Mittlerweile entschädigten ihn die verliebten Mädchen für seinen Unterricht in der ars amandi dadurch, daß sie ihm, dem endlos Gelehrigen, ein wenig Deutsch beibrachten.
Am vierten Tage drohte Casanovas Geduld ein Ende zu nehmen. Da kam, noch ziemlich früh am Vormittag, Leduc auf keuchendem Pferde daher gesprengt, von den kotigen Vorfrühlingswegen über und über bespritzt. Froh und gerührt hieß ihn sein Herr willkommen und Leduc begann, noch ehe er über Brot, Schinken und Wein herfiel, eilig zu berichten.
»Vor allem, Herr Ritter«, begann er, »bestellen Sie Pferde und lassen Sie uns noch heute die Schweizer Grenze erreichen. Zwar werden keine Offiziere kommen, um sich mit Ihnen zu schlagen, aber ich weiß für sicher, daß Sie hier in Bälde von Spionen, Häschern und bezahlten Mördern würden belästigt werden, wenn Sie dableiben. Der Herzog selber soll empört über Sie sein und Ihnen seinen Schutz versagen. Also eilen Sie!«
Casanova überlegte nicht lange. In Aufregung geriet er nicht, das Unheil war ihm zu anderen Zeiten schon

weit näher auf den Fersen gewesen. Doch gab er seinem Spanier recht und bestellte Pferde für Schaffhausen.
Zum Abschiednehmen blieb ihm wenig Zeit. Er bezahlte seine Zeche, gab der älteren Schwester einen Schildpattkamm zum Andenken und der jüngeren das heilige Versprechen, in möglichster Bälde wiederzukommen, packte seine Reisekoffer und saß, kaum drei Stunden nach dem Eintritt seines Leduc, schon mit diesem im Postwagen. Tücher wurden geschwenkt und Abschiedsworte gerufen, dann schwenkte der wohlbespannte Eilwagen aus dem Hof auf die Straße und rollte schnell auf der nassen Landstraße davon.

II

Angenehm war es nicht, so Hals über Kopf ohne Vorbereitungen in ein wildfremdes Land entfliehen zu müssen. Auch mußte Leduc dem Betrübten mitteilen, daß sein schöner, vor wenigen Monaten gekaufter Reisewagen in den Händen der Stuttgarter geblieben sei. Dennoch kam er gegen Schaffhausen hin wieder in gute Laune, und da die Landesgrenze überschritten und der Rhein erreicht war, nahm er ohne Ungeduld die Nachricht entgegen, daß zur Zeit in der Schweiz die Einrichtung der Extraposten noch nicht bestehe.
Es wurden also Mietpferde zur Weiterreise nach Zürich bestellt, und bis diese bereit waren, konnte man in aller Ruhe eine gute Mahlzeit einnehmen.
Dabei versäumte der weltgewandte Reisende nicht, sich in aller Eile einigermaßen über Lebensart und Verhältnisse des fremden Landes zu unterrichten. Es gefiel ihm

wohl, daß der Gastwirt hausväterlich an der Wirtstafel präsidierte und daß dessen Sohn, obwohl er den Rang eines Hauptmanns bei den Reichstruppen besaß, sich nicht schämte, aufwartend hinter seinem Stuhl zu stehen und ihm die Teller zu wechseln. Dem raschlebenden Weltbummler, der viel auf erste Eindrücke gab, wollte es scheinen, er sei in ein gutes Land gekommen, wo unverdorbene Menschen sich eines schlichten, doch behaglichen Lebens erfreuten. Auch fühlte er sich hier vor dem Zorn des Stuttgarter Tyrannen geborgen und witterte, nachdem er lange Zeit an Höfen verkehrt und in Fürstendiensten gestanden hatte, lüstern die Luft der Freiheit.

Rechtzeitig fuhr der bestellte Wagen vor, die beiden stiegen ein und weiter ging es, einem leuchtend gelben Abendglanz entgegen, nach Zürich.

Leduc sah seinen Herrn in der nachdenksamen Stimmung der Verdauungsstunde im Polster lehnen, wartete längere Zeit, ob er etwa ein Gespräch beliebe, und schlief dann ein. Casanova achtete nicht auf ihn.

Er war, teils durch den Abschied von den Fürstenbergerinnen, teils durch das gute Essen und die neuen Eindrücke in Schaffhausen, wohlig gerührt und im Ausruhen von den vielen Erregungen dieser letzten Wochen fühlte er mit leiser Ermattung, daß er doch nicht mehr jung sei. Zwar hatte er noch nicht das Gefühl, daß der Stern seines glänzenden Zigeunerlebens sich zu neigen beginne. Doch gab er sich Betrachtungen hin, die den Heimatlosen stets früher befallen als andere Menschen, Betrachtungen über das unaufhaltsame Näherrücken des Alters und des Todes. Er hatte sein Leben ohne Vorbehalt der unbeständigen Glücksgöttin anvertraut, und sie hatte ihn bevorzugt und verwöhnt, sie hatte ihm mehr gegönnt als tausend Nebenbuhlern. Aber er wußte genau, daß Fortuna nur die Jugend liebt, und die Jugend war flüchtig und unwiederbringlich, er fühlte sich ihrer nicht mehr sicher und wußte nicht, ob sie ihn nicht vielleicht schon verlassen habe.

Freilich, er war nicht mehr als fünfunddreißig Jahre alt. Aber er hatte vierfältig und zehnfältig gelebt. Er hatte nicht nur hundert Frauen geliebt, er war auch in Kerkern gelegen, hatte qualvolle Nächte durchwacht, Tage und Wochen im Reisewagen verlebt, die Angst des Gefährdeten und Verfolgten gekostet, dann wieder aufregende Geschäfte betrieben, erschöpfende Nächte mit heißen Augen an den Spieltischen aller Städte verbracht, Vermögen gewonnen und verloren und zurückgewonnen. Er hatte Freunde und Feinde, die gleich ihm als kühne Heimatlose und Glücksjäger über die Erde irrten, in Not und Krankheit, Kerker und Schande geraten sehen. Wohl hatte er in fünfzig Städten dreier Länder Freunde und Frauen, die an ihm hingen, aber würden sie sich seiner erinnern wollen, wenn er je einmal krank, alt und bettelnd zu ihnen käme?

»Schläfst du, Leduc?«

Der Diener fuhr auf.

»Was beliebt?«

»In einer Stunde sind wir in Zürich.«

»Kann schon sein.«

»Kennst du Zürich?«

»Nicht besser als meinen Vater, und den hab' ich nie gesehen. Es wird eine Stadt sein wie andere, jedoch vorwiegend blond, wie ich sagen hörte.«

»Ich habe genug von den Blonden.«

»Ei so. Seit Fürstenberg wohl? Die zwei haben Ihnen doch nicht weh getan?«
»Sie haben mich frisiert, Leduc.«
»Frisiert?«
»Frisiert. Und mir Deutsch beigebracht, sonst nichts.«
»War das zu wenig?«
»Keine Witze jetzt! – Ich werde alt, du.«
»Heute noch?«
»Sei vernünftig. Es wäre auch für dich allmählich Zeit, nicht?«
»Zum Altwerden, nein. Zum Vernünftigwerden, ja, wenn es mit Ehren sein kann.«
»Du bist ein Schwein, Leduc.«
»Mit Verlaub, das stimmt nicht. Verwandte fressen einander nicht auf, und mir geht nichts über frischen Schinken. Der in Fürstenberg war übrigens zu stark gesalzen.«
Diese Art von Unterhaltung war nicht, was der Herr gewollt hatte. Doch schalt er nicht, dazu war er zu müde und in zu milder Stimmung. Er schwieg nur und winkte lächelnd ab. Er fühlte sich schläfrig und konnte seine Gedanken nimmer beisammen halten. Und während er in einen ganz leichten, halben Schlummer sank, glitt seine Erinnerung in die Zeiten der ersten Jugend zurück. Er träumte in lichten, verklärten Farben und Gefühlen von einer Griechin, die er einst als blutjunger Fant im Schiffe vor Ancona getroffen hatte und von seinen ersten, phantastischen Erlebnissen in Konstantinopel und auf Korfu.
Darüber eilte der Wagen weiter und rollte, als der Schläfer emporfuhr, über Steinpflaster und gleich darauf über eine Brücke, unter welcher ein schwarzer

Strom rauschte und rötliche Lichter spiegelte. Man war in Zürich vor dem Gasthause zum Schwert angekommen.
Casanova war im Augenblicke munter. Er reckte sich und stieg aus, von einem höflichen Wirt empfangen.
»Also Zürich,« sagte er vor sich hin. Und obwohl er gestern noch die Absicht gehabt hatte, nach Wien zu reisen und nicht im mindesten wußte, was er ungefähr in Zürich treiben solle, blickte er fröhlich um sich, folgte dem Gastwirt ins Haus und suchte sich ein bequemes Zimmer mit Vorraum im ersten Stockwerk aus.
Nach dem Abendessen kehrte er bald zu seinen früheren Betrachtungen zurück. Je geborgener und wohler er sich fühlte, desto bedenklicher kamen ihm nachträglich die Bedrängnisse vor, denen er soeben entronnen war. Sollte er sich freiwillig wieder in solche Gefahren begeben? Sollte er, nachdem das stürmische Meer ihn ohne sein Verdienst an einen friedlichen Strand geworfen hatte, sich ohne Not noch einmal den Wellen überlassen?
Wenn er genau nachrechnete, betrug der Wert seines Besitzes an Geld, Kreditbriefen und fahrender Habe ungefähr hunderttausend Taler. Das genügte für einen Mann ohne Familie, sich für immer ein stilles und bequemes Leben zu sichern.
Mit diesen Gedanken legte er sich zu Bett und erlebte in einem langen, ungestörten Schlafe eine Reihe friedvoll glücklicher Träume. Er sah sich als Besitzer eines schönen Landsitzes, frei und heiter lebend, fern von Höfen, Gesellschaft und Intrigen, in immer neuen Bildern voll ländlicher Anmut und Frische.
Diese Träume waren so schön und so gesättigt von reinem Glücksgefühl, daß Casanova das Erwachen am

Morgen fast schmerzlich ernüchternd empfand. Doch beschloß er sofort, diesem letzten Wink seiner guten Glücksgöttin zu folgen und seine Träume wahr zu machen. Sei es nun, daß er sich in der hiesigen Gegend ankaufe, sei es, daß er nach Italien, Frankreich oder Holland zurückkehren würde, jedenfalls wollte er von heute an auf Abenteuer, Glücksjagd und äußeren Lebensglanz verzichten und sich so bald wie möglich ein ruhiges, sorglos unabhängiges Leben schaffen.

Gleich nach dem Frühstück befahl er Leduc die Obhut über seine Zimmer und verließ allein und zu Fuß das Hotel. Ein lang nicht mehr gefühltes Bedürfnis zog den Vielgereisten seitab auf das Land zu Wiesen und Wald. Bald hatte er die Stadt hinter sich und wanderte ohne Eile den See entlang. Milde, zärtliche Frühlingsluft wogte lau und schwellend über graugrünen Matten, auf denen erste gelbe Blümlein strahlend lachten und an deren Rande die Hecken voll rötlich warmer, strotzender Blattknospen standen. Am feuchtblauen Himmel schwammen weich geballte, lichte Wolken hin, und in der Ferne stand über den mattgrauen und tannenblauen Vorbergen weiß und feierlich der zackige Halbkreis der Alpen.

Einzelne Ruderboote und Frachtkähne mit großem Dreiecksegel waren auf der nur schwach bewegten Seefläche unterwegs, und am Ufer führte ein guter, reinlicher Weg durch helle, meist aus Holz gebaute Dörfer. Fuhrleute und Bauern begegneten dem Spaziergänger, und manche grüßten ihn freundlich. Das alles ging ihm lieblich ein und bestärkte seine tugendhaften und klugen Vorsätze. Am Ende einer stillen Dorfstraße schenkte er einem weinenden Kinde eine kleine Silbermünze, und

in einem Wirtshause, wo er nach beinahe dreistündigem Gehen Rast hielt und einen Imbiß nahm, ließ er den Wirt leutselig aus seiner Dose schnupfen.
Casanova hatte keine Ahnung, in welcher Gegend er sich nun befinde, und mit dem Namen eines wildfremden Dorfes wäre ihm auch nicht gedient gewesen. Er fühlte sich wohl in der leise durchsonnten Luft. Von den Strapazen der letzten Zeit hatte er sich genügend ausgeruht, auch war sein ewig verliebtes Herz zur Zeit stille und hatte Feiertag, so wußte er im Augenblick nichts Schöneres, als dieses sorglose Lustwandeln durch ein fremdes, schönes Land. Da er immer wieder Gruppen von Landleuten begegnete, hatte es mit dem Verirren keine Gefahr.
Im Sicherheitsgefühl seiner neuesten Entschlüsse genoß er nun den Rückblick auf sein bewegtes Vagantenleben wie ein Schauspiel, das ihn rührte oder belustigte, ohne ihn doch in seiner jetzigen Gemütsruhe zu stören. Sein Leben war gewagt und oft liederlich gewesen, das gab er sich selber zu, aber nun er es so im ganzen überblickte, war es doch ohne Zweifel ein hübsch buntes, flottes und lohnendes Spiel gewesen, an dem man Freude haben konnte.
Indessen führte ihn, da er anfing ein wenig zu ermüden, der Weg in ein breites Tal zwischen hohen Bergen. Eine große, prächtige Kirche stand da, an die sich weitläufige Gebäude anschlossen. Erstaunt bemerkte er, daß das ein Kloster sein müsse, und freute sich, unvermutet in eine katholische Gegend gekommen zu sein.
Er trat entblößten Hauptes in die Kirche und nahm mit zunehmender Verwunderung Marmor, Gold und kostbare Stickereien wahr. Es wurde eben die letzte

Messe gelesen, die er mit Andacht anhörte. Darauf begab er sich neugierig in die Sakristei, wo er eine Anzahl Benediktinermönche sah. Der Abt, erkenntlich durch das Kreuz vor der Brust, war dabei und erwiderte den Gruß des Fremden durch die höfliche Frage, ob er die Sehenswürdigkeiten der Kirche betrachten wolle.

Gerne nahm Casanova an und wurde vom Abte selbst in Begleitung zweier Brüder umhergeführt und sah alle Kostbarkeiten und Heiligtümer mit der diskreten Neugier des gebildeten Reisenden an, ließ sich die Geschichte und Legenden der Kirche erzählen und war nur dadurch ein wenig in Verlegenheit gebracht, daß er nicht wußte, wo er eigentlich sei und wie Ort und Kloster heiße.

»Wo sind Sie denn abgestiegen?« fragte schließlich der Abt.

»Nirgends, Hochwürden. Zu Fuß von Zürich her angekommen, trat ich sogleich in die Kirche.«

Der Abt, über den frommen Eifer des Wallfahrers entzückt, lud ihn zu Tische, was jener dankbar annahm. Nun, da der Abt ihn für einen bußfahrenden Sünder hielt, der weite Wege gemacht, um hier Trost zu finden, konnte Casanova vollends nicht mehr fragen, wo er sich denn befinde. Übrigens sprach er mit dem geistlichen Herrn, da es mit dem Deutschen nicht so recht gehen wollte, lateinisch.

»Unsere Brüder haben Fastenzeit«, fuhr der Abt fort, »da habe ich ein Privileg vom heiligen Vater Benedikt dem Vierzehnten, das mir gestattet, täglich mit drei Gästen auch Fleischspeisen zu essen. Wollen Sie gleich mir von dem Privilegium Gebrauch machen, oder ziehen Sie es vor zu fasten?«

»Es liegt mir fern, hochwürdiger Herr, von der Erlaubnis des Papstes wie auch von Ihrer gütigen Einladung keinen Gebrauch zu machen. Es möchte arrogant aussehen.«

»Also speisen wir!«

Im Speisezimmer des Abtes hing wirklich jenes päpstliche Breve unter Glas gerahmt an der Wand. Es waren zwei Couverts aufgelegt, zu denen ein Bedienter in Livree sogleich ein drittes fügte.

»Wir speisen zu dreien, Sie ich und mein Kanzler. Da kommt er ja eben.«

»Sie haben einen Kanzler?«

»Ja. Als Abt von Maria-Einsiedeln bin ich Fürst des römischen Reiches und habe die Verpflichtungen eines solchen.«

Endlich wußte also der Gast, wo er hingeraten sei, und freute sich, das weltberühmte Kloster unter so besonderen Umständen und ganz unverhofft kennengelernt zu haben. Indessen nahm man Platz und begann zu tafeln.

»Sie sind Ausländer?« fragte der Abt.

»Venezianer, doch schon seit längerer Zeit auf Reisen.«

Daß er verbannt sei, brauchte er ja einstweilen nicht zu erzählen.

»Und reisen Sie weiter durch die Schweiz? Dann bin ich gerne bereit, Ihnen einige Empfehlungen mitzugeben.«

»Ich nehme das dankbar an. Ehe ich jedoch weiterreise, wäre es mein Wunsch, eine vertraute Unterredung mit Ihnen haben zu dürfen. Ich möchte Ihnen beichten und Ihren Rat über manches, was mein Gewissen beschwert, erbitten.«

»Ich werde nachher zu Ihrer Verfügung stehen. Es hat Gott gefallen, Ihr Herz zu erwecken, so wird er auch Frieden für das Herz haben. Der Menschen Wege sind vielerlei, doch sind nur wenige so weit verirrt, daß ihnen nicht mehr zu helfen wäre. Wahre Reue ist das erste Erfordernis der Umkehr, wenn auch die echte, gottgefällige Zerknirschung noch nicht im Zustand der Sünde, sondern erst in dem der Gnade eintreten kann.«
So redete er eine Weile weiter, während Casanova sich mit Speise und Wein bediente. Als er schwieg, nahm jener wieder das Wort.
»Verzeihen Sie meine Neugierde, Hochwürdiger, aber wie machen Sie es möglich, um diese Jahreszeit so vortreffliches Wild zu haben?«
»Nicht wahr? Ich habe dafür ein Rezept. Wild und Geflügel, die Sie hier sehen, sind sämtlich sechs Monate alt.«
»Ist es möglich?«
»Ich habe eine Einrichtung, mittels der ich die Sachen so lange vollkommen luftdicht abschließe.«
»Darum beneide ich Sie.«
»Bitte. Aber wollen Sie gar nichts vom Lachs nehmen?«
»Wenn Sie ihn mir eigens anbieten, gewiß.«
»Ist er doch eine Fastenspeise!«
Der Gast lachte und nahm vom Lachs.

III

Nach Tische empfahl sich der Kanzler, ein stiller Mann, und der Abt zeigte seinem Gaste das Kloster. Alles gefiel dem Venetianer sehr wohl. Er begriff, daß ruhebedürftige Menschen das Klosterleben erwählen und sich

darin wohlfühlen konnten. Und schon begann er zu überlegen, ob dies nicht auch für ihn am Ende der beste Weg zum Frieden Leibes und der Seele sei.
Einzig die Bibliothek befriedigte ihn wenig.
»Ich sehe da«, bemerkte er, »zwar Massen von Folianten, aber die neuesten davon scheinen mir mindestens hundert Jahre alt zu sein, und lauter Bibeln, Psalter, theologische Exegese, Dogmatik und Legendenbücher. Das alles sind ja ohne Zweifel vortreffliche Werke. –«
»Ich vermute es«, lächelte der Prälat.
»Aber Ihre Mönche werden doch auch andere Bücher haben, über Geschichte, Physik, schöne Künste, Reisen und dergleichen.«
»Wozu? Unsere Brüder sind fromme, einfache Leute. Sie tun ihre tägliche Pflicht und sind zufrieden.«
»Das ist ein großes Wort. – Aber dort hängt ja, sehe ich eben, ein Bildnis des Kurfürsten von Köln.«
»Der da im Bischofsornat, jawohl.«
»Sein Gesicht ist nicht ganz gut getroffen. Ich habe ein besseres Bild von ihm. Sehen Sie!«
Er zog aus einer inneren Tasche eine schöne Dose, in deren Deckel ein Miniaturporträt eingefügt war. Es stellte den Kurfürsten als Großmeister des deutschen Ordens vor.
»Das ist hübsch. Woher haben Sie das?«
»Vom Kurfürsten selbst.«
»Wahrhaftig?«
»Ich habe die Ehre, sein Freund zu sein.«
Mit Wohlgefallen nahm er wahr, wie er zusehends in der Achtung des Abtes stieg, und steckte die Dose wieder ein.
»Ihre Mönche sind fromm und zufrieden, sagten Sie.

Das möchte einem beinahe Lust nach diesem Leben erwecken.«
»Es ist eben ein Leben im Dienst des Herrn.«
»Gewiß, und fern von den Stürmen der Welt.«
»So ist es.«
Nachdenklich folgte er seinem Führer und bat ihn nach einer Weile, nun seine Beichte anzuhören, damit er Absolution erhalten und morgen die Kommunion nehmen könne.
Der Herr führte ihn zu einem kleinen Pavillon, wo sie eintraten. Der Abt setzte sich und Casanova wollte niederknien, doch gab jener das nicht zu.
»Nehmen Sie einen Stuhl«, sagte er freundlich, »und erzählen Sie mir von Ihren Sünden.«
»Es wird lange dauern.«
»Bitte, beginnen Sie nur. Ich werde aufmerksam sein.«
Damit hatte der gute Mann nicht zuviel versprochen. Die Beichte des Chevaliers nahm, obwohl er möglichst gedrängt und rasch erzählte, volle drei Stunden in Anspruch. Der hohe Geistliche schüttelte anfangs ein paar Mal den Kopf oder seufzte, denn eine solche Kette von Sünden war ihm doch noch niemals vorgekommen und er hatte eine unglaubliche Mühe, die einzelnen Frevel so in der Geschwindigkeit einzuschätzen, zu addieren und im Gedächtnis zu behalten. Bald genug gab er das völlig auf und horchte nur mit Erstaunen dem fließenden Vortrag des Italieners, der in zwangloser, flotter, fast künstlerischer Weise sein ganzes Leben erzählte. Manchmal lächelte der Abt und manchmal lächelte auch der Beichtende, ohne jedoch innezuhalten. Seine Erzählung führte in fremde Länder und Städte, durch Krieg und Seereisen, durch Fürstenhöfe, Klöster, Spielhöllen,

Gefängnis, durch Reichtum und Not, sie sprang vom Rührenden zum Tollen, vom Harmlosen zum Skandalösen, vorgetragen aber wurde sie nicht wie ein Roman und nicht wie eine Beichte, sondern unbefangen, ja manchmal heiter-geistreich und stets mit der selbstverständlichen Sicherheit dessen, der Erlebtes erzählt und weder zu sparen noch dick aufzutragen braucht.

Nie war der Abt und Reichsfürst besser unterhalten worden. Besondere Reue konnte er im Ton des Beichtenden nicht wahrnehmen, doch hatte er selbst bald vergessen, daß er als Beichtvater und nicht als Zuschauer eines aufregenden Theaterstücks hier sitze.

»Ich habe Sie nun lang genug belästigt«, schloß Casanova endlich. »Manches mag ich vergessen haben, doch kommt es ja wohl auf ein wenig mehr oder minder nicht an. Sind Sie ermüdet, Hochwürden?«

»Durchaus nicht. Ich habe kein Wort verloren.«

»Und darf ich die Absolution erwarten?«

Noch ganz benommen sprach der Abt die heiligen Worte aus, durch welche Casanovas Sünden vergeben waren und die ihn des Sakramentes würdig erklärten.

Jetzt wurde ihm ein Zimmer angewiesen, damit er die Zeit bis morgen in frommer Betrachtung ungestört verbringen könnte. Den Rest des Tages verwendete er dazu, sich den Gedanken ans Mönchwerden zu überlegen. So sehr er Stimmungsmensch und rasch im Ja- oder Neinsagen war, hatte er doch zuviel Selbsterkenntnis und viel zu viel rechnende Klugheit, um sich nicht voreilig die Hände zu binden und des Verfügungsrechtes über sein Leben zu begeben.

Er malte sich also sein zukünftiges Mönchsdasein bis in alle Einzelheiten aus und entwarf einen Plan, um sich für jeden möglichen Fall einer Reue oder Enttäuschung offene Tür zu halten. Den Plan wandte und drehte er um und um, bis er ihm vollkommen erschien, und dann brachte er ihn sorgfältig zu Papier.

In diesem Schriftstück erklärte er sich bereit, als Novize in das Kloster Maria-Einsiedeln zu treten. Um jedoch Zeit zur Selbstprüfung und zum etwaigen Rücktritt zu behalten, erbat er ein zehnjähriges Noviziat. Damit man ihm diese ungewöhnlich lange Frist gewähre, hinterlegte er ein Kapital von zehntausend Franken, das nach seinem Tode oder Wiederaustritt aus dem Orden dem Kloster zufallen sollte. Ferner erbat er sich die Erlaubnis, Bücher jeder Art auf eigene Kosten zu erwerben und in seiner Zelle zu haben; auch diese Bücher sollten nach seinem Tode Eigentum des Klosters werden.

Nach einem Dankgebet für seine Bekehrung legte er sich nieder und schlief gut und fest als einer, dessen Gewissen rein wie Schnee und leicht wie eine Feder ist. Und am Morgen nahm er in der Kirche die Kommunion.

Der Abt hatte ihn zur Chokolade eingeladen. Bei dieser Gelegenheit übergab Casanova ihm sein Schriftstück mit der Bitte um eine günstige Antwort.

Jener las das Gesuch sogleich, beglückwünschte den Gast zu seinem Entschluß und versprach, ihm nach Tische Antwort zu geben.

»Finden Sie meine Bedingungen zu selbstsüchtig?«

»O nein, Herr Chevalier, ich denke, wir werden wohl einig werden. Mich persönlich würde das aufrichtig freuen. Doch muß ich Ihr Gesuch zuvor dem Konvent vorlegen.«

»Das ist nicht mehr als billig. Darf ich Sie bitten, meine Eingabe freundlich zu befürworten?«
»Mit Vergnügen. Also auf Wiedersehn bei Tische!«
Der Weltfllüchtige machte nochmals einen Gang durchs Kloster, sah sich die Brüder an, inspizierte einige Zellen und fand alles nach seinem Herzen. Freudig lustwandelte er durch Einsiedeln, sah Wallfahrer mit einer Fahne einziehen und Fremde in Züricher Mietwagen abreisen, hörte nochmals eine Messe und steckte einen Taler in die Almosenbüchse.
Während der Mittagstafel, die ihm diesmal ganz besonders durch vorzügliche Rheinweine Eindruck machte, fragte er, wie es mit seinen Angelegenheiten stehe.
»Seien Sie ohne Sorge«, meinte der Abt, »obwohl ich Ihnen im Augenblick noch keine entscheidende Antwort habe. Der Konvent will noch Bedenkzeit.«
»Glauben Sie, daß ich aufgenommen werde?«
»Ohne Zweifel.«
»Und was soll ich inzwischen tun?«
»Was Sie wollen. Gehen Sie nach Zürich zurück und erwarten Sie dort unsre Antwort, die ich Ihnen übrigens persönlich bringen werde. Heut über vierzehn Tage muß ich ohnehin in die Stadt, dann suche ich Sie auf und wahrscheinlich werden Sie dann sogleich mit mir hierher zurückkehren können. Paßt Ihnen das?«
»Vortrefflich. Also heut über vierzehn Tage. Ich wohne im Schwert. Man ißt dort recht gut; wollen Sie dann zu Mittag mein Gast sein?«
»Sehr gerne.«
»Aber wie komme ich heute nach Zürich zurück? Sind irgendwo Wagen zu haben?«
»Sie fahren nach Tisch in meiner Reisekutsche.«

»Das ist allzuviel Güte. –«
»Lassen Sie doch! Es ist schon Auftrag gegeben. Sehen Sie lieber zu, sich noch ordentlich zu stärken. Vielleicht noch ein Stückchen Kalbsbraten?«
Kaum war die Mahlzeit beendet, so fuhr des Abtes Wagen vor. Ehe der Gast einstieg, gab ihm jener noch zwei versiegelte Briefe an einflußreiche Züricher Herren mit. Herzlich nahm Casanova von dem gastfreien Herrn Abschied, und mit dankbaren Gefühlen fuhr er in dem sehr bequemen Wagen durch das lachende Land und am See entlang nach Zürich zurück.
Als er vor seinem Gasthause vorfuhr, empfing ihn der Diener Leduc mit unverhohlenem Grinsen.
»Was lachst du?«
»Na, es freut mich nur, daß Sie in dieser fremden Stadt schon Gelegenheit gefunden haben, sich volle zwei Tage außer dem Hause zu amüsieren.«
»Dummes Zeug. Geh jetzt und sage dem Wirt, daß ich vierzehn Tage hier bleibe und für diese Zeit einen Wagen und einen guten Lohndiener haben will.«
Der Wirt kam selber und empfahl einen Diener, für dessen Redlichkeit er sich verbürgte. Auch besorgte er einen offenen Mietwagen, da andere nicht zu haben waren.
Am folgenden Tage gab Casanova seine Briefe an die Herren Orelli und Pestalozzi persönlich ab. Sie waren nicht zu Hause, machten ihm aber beide nach Mittag einen Besuch im Hotel und luden ihn für morgen und übermorgen zu Tische und für heute Abend ins Konzert ein. Er sagte zu und fand sich rechtzeitig ein.
Das Konzert, das einen Taler Eintrittsgeld kostete, gefiel ihm gar nicht. Namentlich mißfiel ihm die langwei-

lige Einrichtung, daß Männer und Frauen abgesondert je in einem Teil des Saales saßen. Sein scharfes Auge entdeckte unter den Damen mehrere Schönheiten, und er begriff nicht, warum die Sitte ihm verbiete, ihnen den Hof zu machen. Nach dem Konzert wurde er den Frauen und Töchtern der Herren vorgestellt und fand besonders in Fräulein Pestalozzi eine überaus hübsche und liebenswürdige Dame. Doch enthielt er sich jeder leichtfertigen Galanterie.
Obwohl ihm dies Benehmen nicht ganz leicht fiel, schmeichelte es doch seiner Eitelkeit. Er war seinen neuen Freunden in den Briefen des Abtes als ein bekehrter Mann und angehender Büßer vorgestellt worden und er merkte, daß man ihn mit fast ehrerbietiger Achtung behandelte, obwohl er meist mit Protestanten verkehrte. Diese Achtung tat ihm wohl und ersetzte ihm teilweise das Vergnügen, das er seinem ernsten Auftreten opfern mußte.
Und dieses Auftreten gelang ihm so gut, daß er bald sogar auf der Straße mit einer gewissen Ehrerbietung gegrüßt wurde. Ein Geruch von Askese und Heiligkeit umwehte den merkwürdigen Mann, dessen Leumund so wechselnd war wie sein Leben.
Immerhin konnte er es sich nicht versagen, vor seinem Rücktritt aus dem Weltleben dem Herzog von Württemberg noch einen unverschämt gesalzenen Brief zu schreiben. Das wußte ja niemand. Und es wußte auch niemand, daß er manchmal im Schutz der Dunkelheit abends ein Haus aufsuchte, in dem weder Mönche wohnten noch Psalmen gesungen wurden.

IV

Die Vormittage widmete der fromme Herr Chevalier dem Studium der deutschen Sprache. Er hatte einen armen Teufel von der Straße aufgelesen, einen Genuesen namens Giustiniani. Der saß nun täglich in den Morgenstunden bei Casanova und brachte ihm Deutsch bei, wofür er jedesmal sechs Franken Honorar bekam.

Dieser entgleiste Mann, dem sein reicher Schüler übrigens die Adresse jenes Hauses verdankte, unterhielt seinen Gönner hauptsächlich dadurch, daß er auf Mönchtum und Klosterleben in allen Tonarten schimpfte und lästerte. Er wußte nicht, daß sein Schüler im Begriffe stand, Benediktinerbruder zu werden, sonst wäre er zweifellos vorsichtiger gewesen. Casanova nahm ihm jedoch nichts übel. Der Genuese war vor Zeiten Kapuzinermönch gewesen und der Kutte wieder entschlüpft. Nun fand der merkwürdige Bekehrte ein Vergnügen darin, den armen Kerl seine klosterfeindlichen Ergüsse vortragen zu lassen.

»Es gibt aber doch auch gute Leute unter den Mönchen«, wandte er etwa einmal ein.

»Sagen Sie das nicht! Keinen gibt es, keinen einzigen! Sie sind ohne Ausnahme Tagdiebe und faule Bäuche.«

Sein Schüler hörte lachend zu und freute sich auf den Augenblick, in dem er das Lästermaul durch die Nachricht von seiner bevorstehenden Einkleidung verblüffen würde.

Immerhin begann ihm bei dieser stillen Lebensweise die Zeit etwas lang zu werden und er zählte die Tage bis zum vermutlichen Eintreffen des Abtes mit Ungeduld. Nachher, wenn er dann im Klosterfrieden säße und in

Ruhe seinem Studium obläge, würden Langeweile und Unrast ihn schon verlassen. Er plante eine Homerübersetzung, ein Lustspiel und eine Geschichte Venedigs und hatte, um einstweilen doch etwas in diesen Sachen zu tun, bereits einen starken Posten gutes Schreibpapier gekauft.

So verging ihm die Zeit zwar langsam und unlustig, aber sie verging doch, und am Morgen des 23. April stellte er aufatmend fest, daß dies sein letzter Wartetag sein sollte, denn andern Tages stand die Ankunft des Abtes bevor.

Er schloß sich ein und prüfte noch einmal seine weltlichen wie geistlichen Angelegenheiten, bereitete auch das Einpacken seiner Sachen vor und freute sich, endlich dicht vor dem Beginn eines neuen, friedlichen Lebens zu stehen. An seiner Aufnahme in Maria-Einsiedeln zweifelte er nicht, denn nötigenfalls war er entschlossen, das versprochene Kapital zu verdoppeln. Was lag in diesem Falle an zehntausend Franken?

Gegen sechs Uhr abends, da es im Zimmer leis zu dämmern begann, trat er ans Fenster und schaute hinaus. Er konnte von dort den Vorplatz des Hotels und die Limmatbrücke übersehen.

Eben fuhr ein Reisewagen an und hielt vor dem Gasthaus. Casanova schaute neugierig zu. Der Kellner sprang herzu und öffnete den Schlag. Heraus stieg eine in Mäntel gehüllte ältere Frau, dann noch eine, hierauf eine dritte, lauter matronenhaft ernste, ein wenig säuerliche Damen.

»Die hätten auch anderswo absteigen dürfen«, dachte der am Fenster.

Aber diesmal kam das schlanke Ende nach. Es stieg eine

vierte Dame aus, eine hohe schöne Figur in einem Kostüm, das damals viel getragen und Amazonenkleid genannt wurde. Auf dem schwarzen Haar trug sie eine kokette, blauseidene Mütze mit einer silbernen Quaste.
Casanova stellte sich auf die Zehen und schaute vorgebeugt hinab. Es gelang ihm, ihr Gesicht zu sehen, ein junges, schönes, brünettes Gesicht mit schwarzen Augen unter stolzen, dichten Brauen. Zufällig blickte sie am Hause hinauf, und da sie den im Fenster Stehenden gewahr wurde und seinen Blick auf sich gerichtet fühlte, seinen Casanovablick, betrachtete sie ihn einen kleinen Augenblick mit Aufmerksamkeit – einen kleinen Augenblick.
Dann ging sie mit den andern ins Haus. Der Chevalier eilte in sein Vorzimmer, durch dessen Glastür er auf den Korridor schauen konnte. Richtig kamen die Viere, und als letzte die Schöne in Begleitung des Wirtes die Treppe herauf und an seiner Türe vorbei. Die Schwarze, als sie sich unversehens von demselben Manne fixiert sah, der sie soeben vom Fenster aus angestaunt hatte, stieß einen leisen Schrei aus, faßte sich aber sofort und eilte kichernd den anderen nach.
Casanova glühte. Seit Jahren glaubte er nichts Ähnliches gesehen zu haben.
»Amazone, meine Amazone!« sang er vor sich hin und warf seinen Kleiderkoffer ganz durcheinander, um in aller Eile große Toilette zu machen. Denn heute mußte er unten an der Tafel speisen, mit den Neuangekommenen! Bisher hatte er sich im Zimmer servieren lassen, um sein weltfeindliches Auftreten zu wahren. Nun zog er hastig eine Sammethose, neue weißseidene Strümpfe, eine goldgestickte Weste, den Galaleibrock und seine Spitzenmanschetten an. Dann klingelte er dem Kellner.

»Sie befehlen?«
»Ich speise heute an der Tafel, unten.«
»Ich werde es bestellen.«
»Sie haben neue Gäste?«
»Vier Damen.«
»Woher?«
»Aus Solothurn.«
»Spricht man in Solothurn französich?«
»Nicht durchwegs. Aber diese Damen sprechen es.«
»Gut. – Halt, noch was. Die Damen speisen doch unten?«
»Bedaure. Sie haben das Souper auf ihr Zimmer bestellt.«
»Da sollen doch dreihundert junge Teufel – –! Wann servieren Sie dort?«
»In einer halben Stunde.«
»Danke. Gehen Sie!«
»Aber werden Sie nun an der Tafel essen oder –?«
»Gottesdonner, nein! Gar nicht werde ich essen. Gehen Sie!«
Wütend stürmte er im Zimmer auf und ab. Es mußte heut abend etwas geschehen. Wer weiß, ob die Schwarze nicht morgen schon weiter fuhr. Und außerdem kam ja morgen der Abt. Er wollte ja Mönch werden. Zu dumm! Zu dumm!
Aber es wäre seltsam gewesen, wenn der Lebenskünstler nicht doch eine Hoffnung, einen Ausweg, ein Mittel, ein Mittelchen gefunden hätte. Seine Wut dauerte nur Minuten. Dann sann er nach. Und nach einer Weile schellte er den Kellner wieder herauf.
»Was beliebt?«
»Ich möchte dir einen Louisdor zu verdienen geben.«

»Ich stehe zu Diensten, Herr Baron.«
»Gut. So geben Sie mir Ihre grüne Schürze.«
»Mit Vergnügen.«
»Und lassen Sie mich die Damen bedienen.«
»Gerne. Reden Sie bitte mit Leduc, da ich unten servieren muß, habe ich ihn schon gebeten, mir das Aufwarten da oben abzunehmen.«
»Schicken Sie ihn sofort her. – Werden die Damen länger hierbleiben?«
»Sie fahren morgen früh nach Einsiedeln, sie sind katholisch. Übrigens hat die Jüngste mich gefragt, wer Sie seien.«
»Gefragt hat sie? Wer ich sei? Und was haben Sie ihr gesagt.«
»Sie seien Italiener, mehr nicht.«
»Gut. Seien Sie verschwiegen!«
Der Kellner ging und gleich darauf kam Leduc herein, aus vollem Halse lachend.
»Was lachst du, Schaf?«
»Über Sie als Kellner.«
»Also weißt du schon. Und nun hat das Lachen ein Ende oder du siehst nie mehr einen Sou von mir. Hilf mir jetzt die Schürze umbinden. Nachher trägst du die Platten herauf und ich nehme sie dir unter der Tür der Damen ab. Vorwärts!«
Er brauchte nicht lange zu warten. Die Kellnerschürze über der Goldweste umgebunden, betrat er das Zimmer der Fremden.
»Ist's gefällig, meine Damen?«
Die Amazone hatte ihn erkannt und schien vor Verwunderung starr. Er servierte tadellos und hatte Gelegenheit, sie genau zu betrachten und immer schöner zu

finden. Als er einen Kapaun künstlerisch tranchierte, sagte sie lächelnd: »Sie servieren gut. Dienen Sie schon lange hier?«
»Sie sind gütig, darnach zu fragen. Erst drei Wochen.«
Als er ihr nun vorlegte, bemerkte sie seine zurückgeschlagenen, aber noch sichtbaren Manschetten. Sie stellte fest, daß es echte Spitzen seien, berührte seine Hand und befühlte die feinen Spitzen. Er war selig.
»Laß das doch!« rief eine der älteren Frauen tadelnd, und sie errötete. Sie errötete! Kaum konnte Casanova sich halten.
Nach der Mahlzeit blieb er, so lange er irgendeinen Vorwand dazu fand, im Zimmer. Die drei Alten zogen sich ins Schlafkabinett zurück, die Schöne aber blieb da, setzte sich wieder und fing zu schreiben an.
Er war endlich mit dem Aufräumen fertig und mußte schlechterdings gehen. Doch zögerte er in der Türe.
»Auf was warten Sie noch?« fragte die Amazone.
»Gnädige Frau, Sie haben die Stiefel noch an und werden schwerlich mit ihnen zu Bett gehen wollen.«
»Ach so, Sie wollen sie ausziehen? Machen Sie sich nicht so viel Mühe mit mir!«
»Das ist mein Beruf, gnädige Frau.«
Er kniete vor ihr auf den Boden und zog ihr, während sie scheinbar weiterschrieb, die Schnürstiefel aus, langsam und sorglich.
»Es ist gut. Genug, genug! Danke.«
»Ich danke vielmehr Ihnen.«
»Morgen abend sehen wir uns ja wieder, Herr Kellner.«
»Sie speisen wieder hier?«
»Gewiß. Wir werden vor Abend von Einsiedeln zurück sein.«

»Danke, gnädige Frau.«
»Also gute Nacht, Kellner.«
»Gute Nacht, Madame. Soll ich die Stubentür schließen oder auflassen?«
»Ich schließe selbst.«
Das tat sie denn auch, als er draußen war, wo ihn Leduc mit ungeheurem Grinsen erwartete.
»Nun?« sagte sein Herr.
»Sie haben Ihre Rolle großartig gespielt. Die Dame wird Ihnen morgen einen Dukaten Trinkgeld geben. Wenn Sie mir aber den nicht überlassen, verrate ich die ganze Geschichte.«
»Du kriegst ihn schon heute, Scheusal.«
Am folgenden Morgen fand er sich rechtzeitig mit den geputzten Stiefeln wieder ein. Doch erreichte er nicht mehr, als daß die Amazone sich diese wieder von ihm anziehen ließ.
Er schwankte, ob er ihr nicht nach Einsiedeln nachfahren sollte. Doch kam gleich darauf ein Lohndiener mit der Nachricht, der Herr Abt sei in Zürich und werde sich die Ehre geben, um zwölf Uhr mit dem Herrn Chevalier allein auf seinem Zimmer zu speisen.
Herrgott, der Abt! An den hatte der gute Casanova nicht mehr gedacht. Nun, mochte er kommen. Er bestellte ein höchst luxuriöses Mahl, zu dem er selber in der Küche einige Anweisungen gab. Dann legte er sich, da er vom Frühaufstehen müde war, noch zwei Stunden aufs Bett und schlief.
Am Mittag kam der Abt. Es wurden Höflichkeiten gewechselt und Grüße ausgerichtet, dann setzten sich beide zu Tische. Der Prälat war über die prächtige Tafel entzückt und vergaß über den guten Platten für eine

halbe Stunde ganz seine Aufträge. Endlich fielen sie ihm wieder ein.

»Verzeihen Sie,« sagte er plötzlich, »daß ich Sie so ungebührlich lange in der Spannung ließ! Ich weiß gar nicht, wie ich das so lang vergessen konnte.«

»O bitte.«

»Nach allem, was ich in Zürich über Sie hörte – ich habe mich begreiflicherweise ein wenig erkundigt –, sind Sie wirklich durchaus würdig, unser Bruder zu werden. Ich heiße Sie willkommen, lieber Herr, herzlichst willkommen. Sie können nun über Ihre Tür schreiben: *Inveni portum. Spes et fortuna valete!*«

»Zu deutsch: Lebe wohl, Glücksgöttin; ich bin im Hafen! Der Vers stammt aus Euripides und ist wirklich sehr schön, wenn auch in meinem Falle nicht ganz passend.«

»Nicht passend? Sie sind zu spitzfindig.«

»Der Vers, Hochwürden, paßt nicht auf mich, weil ich nicht mit Ihnen nach Einsiedeln kommen werde. Ich habe gestern meinen Vorsatz geändert.«

»Ist es möglich?«

»Es scheint so. Ich bitte Sie, mir das nicht übel zu nehmen und in aller Freundschaft noch dies Glas Champagner mit mir zu leeren.«

»Auf Ihr Wohl denn! Möge Ihr Entschluß Sie niemals reuen! Das Weltleben hat auch seine Vorzüge.«

»Die hat es, ja.«

Der freundliche Abt empfahl sich nach einer Weile und fuhr in seiner Equipage davon. Casanova aber schrieb Briefe nach Paris und Anweisungen an seinen Bankier, verlangte auf den Abend die Hotelrechnung und bestellte für morgen einen Wagen nach Solothurn. (1906)

Chagrin d'Amour

Seit geraumer Zeit lagen vor Kanvoleis, der Hauptstadt des Landes Valois, die Herren in vielen prächtigen Zelten. Jeden Tag von neuem entbrannte der Turnierkampf, dessen Preis die Königin Herzeloyde war, die jungfräuliche Witwe des Kastis, die schöne Tochter des Gral-Königs Frimutel. Unter den Turnierenden erblickte man große Herren, die Könige Pendragon von England, Lot von Norwegen, den König von Aragon, den Herzog von Brabant, berühmte Grafen, Ritter und Helden wie Morholt und Riwalin; man findet sie im zweiten Gesang von Wolframs Parzifal aufgezählt. Dem einen war es nur um den Waffenruhm zu tun, einem andern um die schönen blauen Mädchenaugen der jungen Königin, den meisten aber um ihr reiches und fruchtbares Land, um ihre Städte und Burgen.

Es war außer den vielen hohen Herrschaften und berühmten Helden eine ganze Schar von namenlosen Rittern herangezogen, von Abenteurern, Buschkleppern und armen Teufeln. Manche von ihnen besaßen nicht einmal ein eigenes Zelt, sie kampierten da und dort, oft ohne Obdach im freien Felde unter ihrem Mantel. Sie ließen ihre Pferde ringsum auf den Wiesen grasen, fanden Speise und Trank geladen oder ungeladen an fremden Tischen, und jeder von ihnen hoffte auf Glück und Zufall, soweit er überhaupt daran dachte, sich an den Turnieren zu beteiligen. Denn ihre Aussichten waren im Grunde sehr gering, weil sie schlechte Pferde hatten; und auf einem schlechten Gaul konnte auch der

Tapferste im Turnier wenig ausrichten. Viele dachten denn auch gar nicht daran, sich zu schlagen, sondern wollten nichts, als dabeisein und nach Möglichkeit an der allgemeinen Lustbarkeit teilhaben oder Gewinn aus ihr ziehen. Sie waren alle recht guter Dinge. Es gab jeden Tag Gastereien und Feste, bald im Schlosse der Königin, bald bei den mächtigen und reichen Herren im Zeltlager, und mancher arme Ritter war froh, daß die Entscheidung der Wettkämpfe sich so lange verzögerte. Man ritt spazieren, jagte, plauderte, trank und spielte, sah den Turnieren zu und machte gelegentlich eines mit, man kurierte verletzte Pferde, betrachtete den üppigen Aufwand der Großen, versäumte nichts und gönnte sich gute Tage.

Unter den armen und ruhmlosen Kriegern war einer mit Namen Marcel, der Stiefsohn eines kleinen Barons im Süden, ein hübscher, etwas verhungerter junger Glücksritter in einer bescheidenen Rüstung und mit einem schwachen alten Rößlein, das Melissa hieß. Er war wie alle andern dahergekommen, um seine Neugierde zu stillen und sein Glück zu versuchen und bei dem allgemeinen Umtrieb und Wohlleben ein wenig mit zu Gaste zu sein. Bei seinesgleichen und auch bei einigen angesehenen Rittern hatte dieser Marcel eine gewisse Berühmtheit erlangt, nicht als Ritter, sondern als Sänger und Spielmann, denn er verstand zu dichten und seine Kanzonen sehr hübsch zur Laute zu singen. Er fühlte sich wohl in dem Getriebe, das ihm wie ein großer Jahrmarkt erschien, und wünschte sich nichts Besseres, als daß dies fröhliche Heerlager mit all seiner Lustbarkeit eine gute Weile dauern möge. Da forderte ein Gönner, der Herzog von Brabant, ihn eines Abends auf, an einer Mahlzeit teilzunehmen, welche die Königin den hervorragenden Rittern ausrichten wollte. Marcel ging mit in die Hauptstadt und in das Schloß, der Saal erglänzte herrlich, und Schüsseln und Krüge boten gute Labe. Aber der arme Jüngling trug an diesem Abend kein fröhliches Herz von dannen. Er hatte die Königin Herzeloyde gesehen, ihre hell schwingende Stimme gehört und ihre süßen Blicke getrunken. Nun schlug sein Herz in Liebe zu der hohen Frau, die so sanft und bescheiden wie ein Mädchen schien und doch so gar hoch und unerreichbar über ihm stand.

Wohl konnte er, gleich jedem andern Ritter, um sie kämpfen. Es stand ihm frei, sein Heil in den Turnieren zu versuchen. Allein weder waren sein Roß und seine Waffen in sonderlich gutem Zustande, noch durfte er sich selbst einen großen Helden nennen. Zwar kannte er keine Furcht und war zu jeder Stunde von Herzen bereit, sein Leben im Kampf um die verehrte Königin zu wagen. Aber seine Stärke war nicht mit der des Morholt oder des Königs Lot oder gar des Riwalin und anderer Helden zu vergleichen; das wußte er wohl. Trotzdem wollte er auf eine Probe nicht verzichten. Er fütterte sein Pferd Melissa mit Brot und feinem Heu, das er erbetteln mußte, er pflegte sich selbst durch regelmäßiges Essen und Schlafen, er putzte und rieb seine etwas unansehnliche Rüstung mit aller Sorgfalt. Und nach einigen Tagen ritt er früh ins Feld und meldete sich zum Turnier. Ein spanischer Ritter stellte sich ihm gegenüber, sie sprengten mit den langen Speeren gegeneinander an, und Marcel wurde samt seinem Gaul über den Haufen gerannt. Es floß Blut aus seinem Munde, und alle Glieder taten ihm weh, doch erhob er sich ohne

Hilfe, führte sein zitterndes Pferdchen davon und wusch sich abseits an einem Bache, wo er den Rest des Tages einsam und gedemütigt verharrte.
Am Abend, als er zum Zeltlager zurückkehrte und schon da und dort die Fackeln brannten, rief ihn der Herzog von Brabant beim Namen. »Du hast ja heut das Waffenglück versucht«, sagte er gutmütig. »Das nächste Mal, wenn du wieder Lust dazu verspürst, nimm ein Pferd von mir, mein Lieber, und wenn du siegst, behalte es zu eigen! Aber jetzt laß uns guter Dinge sein, und sing uns ein schönes Lied zum Feierabend!«
Dem kleinen Ritter war es nicht ums Singen und Fröhlichsein. Doch um des versprochenen Pferdes willen gab er nach. Er trat in des Herzogs Zelt, trank einen Becher roten Wein und ließ sich die Laute geben. Er sang ein Lied und noch eines, Kameraden und Herren lobten ihn und tranken ihm zu.
»Gott segne dich, du Sänger!« rief der Herzog vergnügt. »Laß du das Speerebrechen sein und komm mit mir an meinen Hof, so sollst du gute Tage haben.«
»Ihr seid gütig«, sagte Marcel leise. »Aber Ihr habt mir ein gutes Pferd versprochen, und ehe ich an anderes denke, will ich noch einmal zum Kampf reiten. Was hülfen mir gute Tage und schöne Lieder, wenn andre Ritter sich um Ruhm und Minne schlagen!«
Einer lachte: »Wollt Ihr die Königin gewinnen, Marcel?«
Er fuhr auf: »Ich will, was ihr alle wollt, wenn ich auch nur ein armer Ritter bin. Und kann ich sie nicht gewinnen, so kann ich doch um sie kämpfen und um sie bluten und Niederlage und Schmerz um sie leiden.

Mir ist es süßer, um sie zu sterben, als ohne sie feige wohlzuleben. Und wer mich dessen verlachen will, für den ist mein Schwert geschliffen, Ritter.«
Der Herzog mahnte zum Frieden, und bald ging ein jeder nach seiner Schlafstelle. Da hielt der Herzog den Sänger, der nun auch fortgehen wollte, durch einen Wink zurück. Er sah ihm ins Auge und sagte gütig zu ihm: »Du bist ein junges Blut, mein Knabe. Willst du denn durchaus in Not und Blut und Schmerzen laufen um ein Traumbild? Du kannst nicht König von Valois werden und kannst nicht die Königin Herzeloyde zur Liebsten haben, das weißt du ja wohl. Was nützt es dir, einen kleinen Ritter oder zwei vom Gaul zu stoßen? Du müßtest ja die Könige und den Riwalin und mich und alle die Helden erlegen, um an dein Ziel zu kommen! Darum sage ich dir: Wenn du kämpfen willst, so beginne mit mir selbst, und wenn du meiner nicht Herr wirst, so laß dein Traumbild fahren und folge mir in meinen Sold, wie ich dir schon angeboten habe.«
Marcel ward rot, doch sagte er ohne Besinnen: »Ich danke Euch, Herr Herzog, und morgen will ich gegen Euch reiten.« Er ging fort und sah nach seinem Pferde. Es schnaubte ihm freundlich entgegen, fraß Brot aus seiner Hand und legte ihm den Kopf auf die Schulter.
»Ja, Melissa«, sagte er leise und streichelte ihren Kopf, »du hast mich lieb, Melissa, mein Rößlein. Aber es wäre uns besser gewesen, unterwegs im Walde umzukommen, ehe wir dieses Lager erreichten. Schlaf wohl, Melissa, mein Rößlein.«
Am nächsten Morgen in aller Frühe schon ritt er in die Stadt Kanvoleis und verhandelte sein Pferdchen Melissa an einen Bürger gegen einen neuen Helm und neue

Stiefel. Als er davonging, streckte das Tier ihm den Kopf mit langem Halse nach, er ging weiter und blickte nicht mehr zurück. Dann brachte ihm ein Knecht des Herzogs einen roten Hengst zugeführt, ein junges und starkes Tier, und eine Stunde später ritt der Herzog selber zum Zweikampf gegen ihn. Es kamen viele, um zuzuschauen, da ein edler Herr zu Turniere ritt. Im ersten Gang gewann keiner die Oberhand, da der Herzog von Brabant den Jüngling schonte. Dann aber erzürnte er sich über den törichten Knaben und rannte ihn so heftig an, daß Marcel rücklings stürzte, im Bügel hängen blieb und von dem roten Hengst dahingeschleift wurde.

Während der Abenteurer mit Wunden und Beulen bedeckt in einem Dienerzelt des Herzogs lag und Pflege genoß, erscholl in Stadt und Lager der Ruf von der Ankunft Gachmurets, des weltberühmten Helden. In Pracht und Prangen zog er ein, sein Name glänzte ihm wie ein Stern voraus, die großen Ritter runzelten die Stirn, die armen kleinen aber jubelten ihm entgegen, und die schöne Herzeloyde sah ihm errötend nach. Tags darauf kam Gachmuret ohne Eile zum Anger geritten, fing zu fordern und zu streiten an und stach die großen Ritter einen um den andern aus dem Sattel. Man sprach nur noch von ihm, er war Sieger, ihm gebührte Hand und Land der Königin. Auch der kranke Marcel hörte das Gerede, von dem das Lager erfüllt war. Er hörte, daß Herzeloyde ihm verloren sei, er hörte Gachmuret lobpreisen und rühmen, und er wandte sich schweigend gegen die Zeltwand, biß die Zähne zusammen und wünschte sich den Tod. Er hörte aber noch mehr. Er wurde vom Herzog besucht, der ihn mit Kleidern beschenkte und ebenfalls von dem Sieger sprach. Und Marcel erfuhr, die Königin Herzloyde sei rot und blaß vor Liebe zu Gachmuret. Von diesem Gachmuret aber hörte er, er sei nicht nur ein Ritter der Königin Anflise von Frankreich, sondern er habe auch im Heidenland eine schwarze Mohrenfürstin zurückgelassen, deren Gemahl er gewesen sei. Als der Herzog gegangen war, stand Marcel mühsam vom Lager auf, legte ein Kleid an und ging trotz seiner Schmerzen in die Stadt, um den Sieger Gachmuret zu sehen. Und er sah ihn, einen gewaltigen braunen Krieger, einen schweren Riesen mit mächtigen Gliedmaßen. Wie ein Schlächter erschien er ihm. Es gelang ihm, sich ins Schloß zu schleichen und unbemerkt sich unter die Gäste zu mischen. Da sah er die Königin, das zarte mädchenhafte Weib, wie sie vor Glück und Scham erglühte und ihren Mund dem fremden Helden bot. Gegen das Ende des Festmahls erkannte ihn aber sein Gönner, der Herzog, und rief ihn zu sich.

»Erlaubt«, sagte der Herzog zur Königin, »daß ich diesen jungen Ritter vor Euch führe. Er heißt Marcel und ist ein Sänger, dessen Kunst uns oft Wonne geschafft hat. Wenn Ihr es wünschet, soll er uns ein Lied vortragen.«

Herzeloyde nickte dem Herzog und auch dem Ritter freundlich zu, lächelte und ließ eine Laute bringen. Der junge Ritter war bleich, er verneigte sich sehr tief und nahm zögernd die Laute an sich, die ihm gebracht wurde. Dann aber strich er rasch mit den Fingern über die Saiten, richtete den Blick unverwandt auf die Königin und sang ein Lied, das er früher einmal in seiner Heimat gedichtet hatte. Als Kehrreim aber fügte er nach jedem

Verse zwei einfache Strophen ein, welche traurig klangen und aus seinem verwundeten Herzen kamen. Und diese zwei Strophen, die an jenem Abend im Schlosse zum erstenmal erklangen, wurden bald weit herum bekannt und viel gesungen. Sie lauteten:

Plaisir d'amour ne dure qu'un moment,
Chagrin d'amour dure toute la vie.

Als er das Lied beendet hatte, verließ Marcel das Schloß, aus dessen Fenstern ihm der helle Kerzenglanz nachfloß. Er kehrte nicht zu den Zelten zurück, sondern wanderte in anderer Richtung aus der Stadt in die Nacht hinein, um der Ritterschaft ledig, als Lautenschläger ein heimatloses Leben hinzubringen.

Die Feste sind verklungen und die Zelte vermodert, der Herzog von Brabant, der Held Gachmuret und die schöne Königin sind seit manchen hundert Jahren tot, niemand weiß mehr von Kanvoleis und von den Turnieren um Herzeloyde. Über die Jahrhunderte hinweg ist nichts übriggeblieben als ihre Namen, die uns fremd und veraltet klingen, und jene Verse des jungen Ritters. Die werden noch heute gesungen.

(1907)

Der Meermann

Nach einer alten Chronik

Trotz der vielen Humanisten, die es im Anfang des fünfzehnten Jahrhunderts in Italien gab, passierten damals zwischen Mailand und Neapel viel erstaunlichere Dinge als heutzutage; wenigstens reißen die Chronisten jener Zeit trotz ihrer gelegentlichen Altklugheit alle Augenblick die Augen weit auf und berichten mit der ihrem Berufe zukommenden Treuherzigkeit ganz wunderliche Sachen. Ein solches, von zahlreichen Augenzeugen beglaubigtes Ereignis aus ebenjener Zeit ist das folgende:

Eine Stadt am Meere, eine zwar nicht große, aber uralte, hochberühmte und von vielen Zierden der Kunst und Wissenschaft bewohnte Stadt, errichtete auf dem Standort eines längst vom Boden verschwundenen Neptuntempels eine schöne Kirche. Sie wurde vollendet und eingeweiht und von jedermann mit Stolz und Freude besucht und betrachtet, nur nicht von den Bewohnern des eifersüchtigen Nachbarstädtchens.

Da geschah es kurze Zeit nach der Einweihung jener Kirche durch den Bischof, daß ein grausiger Sturm ausbrach, der mit unerhörter Stärke vier Tage und Nächte wütete. Mehrere Fischerbarken gingen mit Mann und Maus unter, ein Segelschiff mit reicher Warenladung versank unweit der Küste, und vom Turm der neuerbauten Kirche wurde das zentnerschwere vergoldete Kreuz ausgerissen. Es stürzte auf die Kirche, durchschlug das Dach und blieb verwüstet und verbogen im innern Gebälke hängen. Manche fanden, seine jetzige Form sei die eines Dreizacks, und schlossen daraus auf eine Rachehandlung des beleidigten Meergottes. Andere bemühten sich, die Haltlosigkeit dieser Behauptung darzutun, man erregte sich über die Frage, und bald war die ganze Stadt deswegen in Streit und Eifer. Der große Historiker Markus Salestris verlas im Ratssaal eine Abhandlung über Wesen und Geschichte der Meeresgottheiten, eine wackere Arbeit voller Zitate und Hinweise auf die Werke der Alten wie auch der Kirchenväter, die am Schlusse in der Überzeugung gipfelte, die ehemaligen Meergötter seien entweder ausgerottet oder doch in unbekannte und öde Ozeane jenseits der Erdteile entwichen.

Ihm antwortete der berühmte Redner Cäsarius in einem öffentlichen Vortrag. Unter Anerkennung der Gelehrsamkeit und Verdienste des Salestris behauptete er mit Überzeugung das Gegenteil und machte seine Ansicht vielen überaus wahrscheinlich, indem er aus den Chroniken wie aus Seefahrerberichten neuerer Zeiten viele Fälle von Begegnungen zwischen Menschen und heidnischen Meerwesen aufzählte.

Inzwischen hatte der entsetzliche Seesturm nachgelassen, und wenn auch die See noch ziemlich bewegt war, konnten doch Fischer und andere Leute, die ihr Gewerbe am Strand betrieben, wieder ihrem Berufe nachgehen.

Da kamen eines Morgens Fischerweiber in die Stadt gelaufen und verkündeten schreiend, es liege am Sandufer vom Meere hergespült ein Mann, nackt und halb von Seetang überzogen. Sie vermuteten in ihm den Leichnam eines von den im Sturme Umgekommenen, und in Bälde begleitete sie eine große Schar teils Hilfsbereiter, teils Neugieriger zum Ufer. Sie nahmen Stangen, Netze und Seile mit, einige machten auch ihre Boote flott, und so näherten sie sich dem Körper, der unweit des Strandes, scheinbar in Schlinggewächse verwickelt, im Takt der ihn noch umringenden Brandung auf und nieder schaukelte. Frauen wehklagten und beteten, Jünglinge und Kinder sahen mit Grausen auf den bleich schimmernden Körper, der bald bis zur Brust sichtbar wurde, bald nur noch eine Hand über Wasser zeigte.

Des unsicheren Bodens und der vielen Untiefen wegen fand man es geraten, den Leichnam von drei Booten aus mit einem Schleppnetz einzuholen. Erfahrene Männer führten dies aus, und es gelang.

Entsetzt aber schrie die Menge der Zuschauer auf, als der vom Netz umschlossene Körper sich plötzlich heftig bewegte. Er riß am Netz und schlug mit den Armen, und unvermutet stieß er ein so wildes und scheußliches Gebrüll aus, daß jedermann das Herz erstarrte. Zugleich warf er sich wie im Krampf in die Höhe, und nun konnte man sehen, daß er mit einem gewaltigen Fischschwanze an Stelle der Beine versehen war.

»Ein Ungeheuer! Ein Meermensch! Ein Seeschreck!« riefen alle durcheinander, und nicht wenige ergriffen die Flucht. Die Männer in den Booten aber hielten, obwohl erschrocken, stand und zogen den unentrinnbar Umstrickten mit Übermacht ans Land. Dort banden sie den ganz vom Netz umschnürten Meermann noch mit starken Seilen, warfen ihn auf einen zweirädrigen Karren und führten ihn unter ungeheurem Auflauf und Geschrei des Volkes in die Stadt.

Hier war mittlerweile von den zuvor Geflüchteten die Neuigkeit in allen Gassen verbreitet worden, und auf dem Marktplatz, wohin die Männer mit dem Karren eilten, strömte im Augenblick eine unzählbare Volksmenge zusammen.

»Totschlagen!« und »Vierteilen!« riefen Hunderte unaufhörlich. Doch wagte sich niemand an den Gefangenen, den die Einlieferer überdies bewachend umstanden.

Unter den Herren von Ruf und Geltung, die sich samt dem Bürgermeister in ziemlicher Anzahl eingefunden hatten, wurde heftig beraten. Der Historiker Salestris und der Redner Cäsarius waren die ersten, die sich dem auf dem Wagen liegenden Ungeheuer näherten, um es genau zu betrachten. Soweit auch ihre Meinungen sonst auseinandergingen, waren sie doch darin einig, daß man versuchen müsse, den Fremdling am Leben zu erhalten. Und es gelang ihnen, entgegen dem Wunsch der Menge, jene Männer zu vermögen, daß sie den Gefangenen, gebunden wie er war, in den Marktbrunnen warfen, wo er alsbald untersank.

Der Brunnen wurde mit Schildwachen besetzt, und das Volk trieb sich erregt noch lange auf dem Platze herum, während der Rat unter Beiziehung jener Gelehrten über die ferner zu ergreifenden Maßregeln im Stadthause beriet, Salestris und Cäsarius erhielten Erlaubnis und Auftrag, den Tritonen nach Möglichkeit zu erforschen und, wenn es möglich wäre, mit ihm zu reden.

Sie begaben sich zum Brunnen, wo die Wachen sie vor dem Andrang der Neugierigen schützten. Der Meermann lag auf dem Grunde des tiefen, steinernen Bekkens, und es gelang erst nach mehreren Stunden, ihn durch Brot und Fische an die Oberfläche zu locken.

Endlich tauchte er auf, und es zeigte sich, daß er Netz und Stricke inzwischen abgestreift hatte. Die beiden Gelehrten machten das Zeichen des Kreuzes, wozu der Meermann lachte. Dann redete ihn bald der eine, bald der andere an, sowohl in italienischer wie in lateinischer Sprache. Doch verstand er sie nicht, obwohl er eifrig zu lauschen schien und teils durch Gebärden, teils durch unverständliche Laute einer fremden Sprache etwas zu sagen bemüht war.

Eine nochmalige Beratung im Stadthause blieb ohne Ergebnis. Cäsarius äußerte die Überzeugung, es müsse möglich sein, sich in irgendeiner Sprache mit dem Fremdling zu verständigen. Darauf fand sich ein südländischer Schiffer, der als Verwalter einer Reederei am Orte lebte und der sarazenischen Sprache mächtig war. Auch er redete mit dem Scheusal und wurde nicht verstanden. Doch hielt er es für wahrscheinlich, daß es Griechisch rede, denn seine Laute kamen ihm denen der griechischen Sprache ähnlich vor, die er zwar nicht verstand, doch auf Seefahrten manchmal hatte sprechen hören.

Es galt nun also, jemand zu finden, der Griechisch kannte. Allein es fand sich niemand, denn die Kenntnis dieser Sprache war damals wenig verbreitet. Doch wußte Salestris, der Historiker, daß der in der Nachbarschaft lebende Arzt Charikles griechische Bücher besaß und sich mit seinen griechischen Studien brüstete. Nur hatte niemand Lust, der verhaßten Nachbarstadt den Triumph zu gönnen und den Charikles holen zu lassen.

Aber in einer letzten Sitzung spät am Abend wurde doch schließlich für richtig erkannt, den fremden Arzt und Gelehrten heimlicherweise herzubestellen, und Cäsarius übernahm den Auftrag dazu, wenn auch ungern. Früh am andern Morgen begab er sich zu Pferde nach der nicht sehr weit entfernten Stadt, sprach bei Charikles vor, sagte ihm viele Schmeicheleien und bat ihn am Ende, ohne Aufsehen mit ihm zu kommen. Jener meinte, er habe durchaus kein Interesse daran, der Feindin seiner Vaterstadt einen Dienst zu erweisen, doch wolle er der Wissenschaft zuliebe und gegen eine ordentliche Belohnung immerhin mitkommen.

Und so standen am späten Nachmittag die Edlen der Stadt, die Gelehrten und der Arzt Charikles am Rande des Brunnenbeckens. Das Meerungeheuer tauchte empor und legte sich mit beiden Armen auf die Steinbrüstung. Charikles redete es lateinisch und italienisch an, doch ohne Erfolg. Da begann er griechisch zu reden, und kaum hatte er einige Sätze gesagt, so gab auch das Ungeheuer fremdartige Laute von sich.

»Es ist gut«, sagte der Arzt zu den Umstehenden, »er gibt mir Antwort.«

»Mir scheint aber doch«, meinte Salestris, »das Schrecknis rede nicht dieselbe Sprache wie Euer Wohlgeboren.«

»Ihr habt ein feines Ohr«, erwiderte der Fremde lächelnd. »Der Triton spricht zwar Griechisch, jedoch den veralteten ionischen Dialekt, denselben, in dem die Gesänge des Homeros abgefaßt sind.«

Er redete weiter mit dem Unhold, bis dieser, der Belästigung müde, untertauchte und im tiefen Wasser verschwand. Darauf gab er im Rathause seine Unterredung zu Protokoll. Nach diesem hatte der Meermann mitgeteilt, er sei ein Abgesandter des Gottes Poseidon. Selbiger sei erbost, daß an der Stelle seines ehemaligen Tempels ein fremdes Gotteshaus sei errichtet worden; darum habe er jenen Sturm erregt, Fischer und Seeleute samt ihrem Gut vernichtet und Turm und Dach des neuen Tempels beschädigt. Sollten die Einwohner der Stadt es wagen, diese Beschädigung auszubessern, so werde seine Rache ohne Grenzen sein. Außerdem aber verlange er zur Sühne die Errichtung eines Standbildes auf der Säule des Marktbrunnens.

Charikles erhielt ein anständiges Geschenk und ward von zwei Edlen bis zur Mitte des Weges in seine Stadt zurückbegleitet. Das Meerungeheuer stieß in der folgenden Nacht einen dreimaligen grausigen Schrei aus und war am Morgen spurlos verschwunden. Bald darauf ward über dem Brunnen ein ehernes Neptunbild aufgestellt, und das Loch im Dache der neuen Kirche blieb offen und ließ Sonnenschein und Regen durch. Dies trug zum raschen Verfall des Gebäudes bei, heute steht dasselbe nicht mehr, sondern wurde im siebzehnten Jahrhundert durch eine schöne Kirche im Barockstil ersetzt.

(1907)

Der verliebte Jüngling

Diese Geschichte begab sich zur Zeit des heiligen Hilarion. In der Heimatstadt dieses Heiligen, in Gaza, lebte ein einfaches und frommes Ehepaar, das der Herr mit einer klugen und sehr schönen Tochter gesegnet hatte. Das zarte Mädchen wuchs in Demut und Gottesfurcht zu jedermanns Freude heran, von ihren Eltern in allem Guten unterwiesen, und war in ihrem züchtigen Liebreiz so lieblich anzusehen wie ein Engel Gottes. Um ihre weiße Stirn spielte das dunkle, glänzende Haar, ihre sittsam niedergeschlagenen Augen wurden von langen, samtschwarzen Wimpern beschattet, auf kleinen zierlichen Füßchen schritt sie schlank und leicht wie die Gazellen unter den Palmen. Für die Männer hatte sie kein Auge, denn im vierzehnten Jahre ihres Alters war sie in einer tödlichen Krankheit von den Ihrigen zu einer Gottesbraut bestimmt worden, falls sie gerettet würde, und Gott hatte das Opfer angenommen.
In dieses reine Mädchenbild verliebte sich ein Jüngling, der in derselben Stadt wohnte. Auch er war schön und wohlgewachsen, er war der Sohn begüterter Eltern und war von ihnen mit aller Sorgfalt erzogen und unterwiesen worden. Seit er aber in das schöne Fräulein verliebt war, tat er nichts, als daß er jede Gelegenheit suchte, sie zu sehen, und stand alsdann entzückt und schaute das so wohlbeschaffene Kind mit sehnsüchtigen Blicken an. Konnte er sie aber an einem Tage nicht zu Gesicht bekommen, so ging er bleich und düster einher, mochte keine Speise nehmen und brachte manche Stunde mit Seufzen und Klagen hin.

Der Jüngling hatte eine gute christliche Erziehung erfahren und war von sanfter und frommer Art gewesen, nun aber wurde diese heftige Verliebtheit völlig über sein Gemüt Herr. Er vermochte nicht mehr zu beten, und statt an heilige Dinge zu denken, dachte er einzig an der Jungfrau langes schwarzes Haar, an ihre stillen schönen Augen, an die Farbe und Rundung ihrer Wangen und Lippen, an ihren schmalen, lichten Hals und ihre kleinen flinken Füßlein. Er scheute sich aber, ihr seine große Liebe und Begierde mitzuteilen; denn es war ihm wohlbekannt, daß sie gesonnen war, keinen Mann anzunehmen, und daß sie keine Liebe in sich trug als zu Gott und zu ihren Eltern.

Am Ende, da er vor Sehnsucht verschmachtete, schrieb er ihr denn doch einen langen flehentlichen Brief, in welchem er seine heiße Liebe aussprach und sie herzlich bat, ihn anzunehmen und dereinst mit ihm eine glückhafte und Gott wohlgefällige Ehe zu führen. Dieses Schreiben machte er durch einen edlen persischen Puder wohlriechend, umwand es mit einer seidenen Schnur und sandte es heimlich durch eine alte Dienerin an die Jungfrau.

Als diese seine Worte las, wurde sie rot wie Scharlach. In der ersten Verwirrung war sie geneigt, den Brief zu zerreißen oder sogleich ihrer Mutter zu zeigen. Allein da sie den Jüngling als Kind wohl gekannt und gern gehabt hatte, auch in seinen Worten eine gewisse Bescheidenheit und Milde wahrnahm, tat sie nicht so, sondern gab den Brief der Alten zurück mit den Worten: »Bringe dem, der dieses geschrieben hat, seinen Brief zurück und sage ihm, er möge nie wieder solche Worte an mich richten. Sage ihm auch, daß ich von meinen Eltern zu einer Jungfrau Gottes bestimmt bin, also daß ich niemals einem Manne die Hand reichen darf, sondern ich soll und will durch mein Verharren im jungfräulichen Stande Gott verdienen und ihn ehren, da dessen Liebe mir höher und werter denn menschliche Liebe ist. Und sage ihm darum, so ich nicht einen fände, dessen Liebe höher und werter denn Gottes Liebe ist, würde ich in meinem Gelöbnis verharren. Ihm aber, der den Brief geschrieben, wünsche ich Gottes Frieden, welcher höher ist als alle Vernunft. Und nun gehe und wisse, daß ich niemals wieder eine Botschaft von dir annehmen werde.«

Die Dienerin, über solche Standhaftigkeit erstaunt, kehrte zu ihrem Herrn zurück und brachte ihm wieder seinen Brief, berichtete ihm auch alles, was die Jungfrau gesagt hatte.

Obwohl sie viele Trostworte beifügte, brach der Jüngling in laute Klagen aus, zerriß sein Gewand und streute Erde auf sein Haupt. Er wagte nicht mehr, der Jungfrau auf ihren Wegen zu begegnen, und suchte sie nur noch aus der Ferne zu schauen. Bei Nacht lag er ohne Schlaf in seiner Kammer, rief den Namen seiner Geliebten und hundert süße, zärtliche Koseworte aus, nannte sie sein Licht und seinen Stern, sein Reh und seine Palme, seinen Augentrost und seine Perle, und wenn er aus solchen Phantasien erwachte und sich allein in der dunklen Kammer fand, knirschte er mit den Zähnen, verfluchte Gott und stieß seinen Kopf an die Wände.

Durch die irdische Liebe war die Gottesfurcht in seinem Herzen verfinstert und verlöscht. Und kaum hatte der Teufel Eingang in sein Herz gefunden, so trieb er ihn von Greuel zu Greuel. Der Jüngling tat einen Schwur, daß er das schöne Mädchen zu eigen haben wolle, und sei es mit Gewalt. Er reiste nach Memphis, trat in die Schule der heidnischen Priester des Asklepios und nahm Unterricht in den Künsten der Zauberei. Ein Jahr lang gab er sich dieser Lehre mit großem Eifer hin und kehrte alsdann nach Gaza heim.

Alsdann grub er in eine kupferne Tafel Zeichen und mächtige Worte, die einen starken Liebeszauber darstellten. Selbige kräftige Tafel vergrub er bei Nacht unter der Schwelle des Hauses, worin die Jungfrau wohnte.

Schon am folgenden Tage war das Mädchen verändert, sie ließ ihre sonst so züchtig gesenkten Blicke freier spielen, tat sich die Haare auf und ließ sie offen wehen, versäumte Gottesdienst und Gebet und sang ein kleines Liebeslied vor sich hin, das niemand sie gelehrt hatte. Dieses Wesen nahm von Tag zu Tag zu, und bei Nacht warf sie sich in den Kissen hin und her und rief den Namen des Jünglings laut aus, nannte ihn ihren Liebsten und wünschte ihn herbei.

Nicht lange konnte dies veränderte Wesen den Eltern des verzauberten Mädchens verborgen bleiben. Durch ihre Worte und Sitten aufmerksam geworden, belauschten sie sie, auch in der Nacht, und erschraken und entsetzten sich dermaßen, daß der Vater seine mißratene Tochter, wie er sie nannte, verstoßen wollte. Die Mutter jedoch bat ihn um Geduld, sie begannen die Sache zu prüfen und erkannten, daß ihre Tochter durch einen Zauber zu solchem Unwesen geraten sei.

Da die Jungfrau unverändert besessen blieb, ja selbst Lästerungen ausstieß und laut nach ihrem Liebsten verlangte, erinnerten sich die Eltern des heiligen Einsiedlers Hilarion, der seit manchen Jahren weit von der Stadt in der Wüste lebte und Gott so nahe war, daß alle seine Gebete erhört wurden. Er hatte so viele Kranke geheilt und Teufel ausgetrieben, daß er neben dem heiligen Antonius vielleicht der mächtigste Gottesmann zu jenen Zeiten konnte genannt werden. Zu ihm führten sie ihre Tochter hinaus, flehten ihn an und baten ihn um Heilung, indem sie alles erzählten, wie es geschehen war.

Der Heilige wandte sich zu der Jungfrau und rief: »Wer hat dich aus einer Dienerin Gottes also zum Gefäß böser Lust gemacht?« Das Mädchen aber schaute ihn an, der von magerem Leib und verbrannter Haut war, und begann ihn zu verhöhnen, rühmte ihre weiße Haut und ihren glatten Leib und nannte den Gottesmann eine krätzige Vogelscheuche, so daß ihre armen Eltern in die Knie sanken und ihr Haupt vor Scham verhüllten. Hilarion aber lächelte und erkannte den Teufel, der in dem Mädchen saß und dem er alsbald so mächtig zusetzte, daß er seinen Namen bekannte und alles gestand. Der Heilige trieb den heftig widerstrebenden Dämon mit Macht aus der Jungfrau; da erwachte diese wie aus einem fieberhaften Traum, erkannte und begrüßte ihre weinenden Eltern, bat den Hilarion um seinen Segen und war von der Stunde an dieselbe fromme Gottesbraut wie zuvor.

Der junge Mensch hatte unterdessen auf sie gewartet, daß der Liebeszauber sie überwände und in seine Arme triebe. In sicherer Hoffnung verbrachte er mehrere Tage, während welcher Zeit die geschilderten Dinge mit der Jungfrau sich zutrugen. Da diese schon geheilt und in die Stadt zurückgekehrt war, ging er einstweilen über die Gasse, da sah er sie von weitem daherkommen und ging ihr entgegen. Als sie ihm näher kam, konnte er sehen, wie ihre Stirn in der alten Reine leuchtete, ja es war über ihr Gesicht eine so friedvolle Schönheit verbreitet, daß sie geradewegs aus dem Paradies zu kommen schien. Betroffen hielt der Jüngling inne und begann bei ihrem Anblick sich schon seines Frevels zu schämen. Doch wehrte er sich dagegen, und da sie ihm ganz nahe gekommen war, vertraute er dem verübten Zauber, ging zu ihr hin, ergriff ihre Hand und sagte: »Nun, hast du mich lieb?«

Die Jungfrau, ohne zu erröten, hob ihren Blick, daß ihm ihr reines Auge wie ein Stern begegnete. Eine unaussprechlich freundliche Güte glänzte ihm darin entgegen, sie drückte seine Hand und sagte: »Ja, mein Bruder, ich liebe dich. Ich liebe deine arme Seele, und ich bitte dich, entreiße sie dem Argen und gib sie Gott anheim, daß sie wieder schön und rein werde.«

Dem Jüngling bewegte eine unsichtbare Hand das Herz, seine Augen standen voll Tränen, und er rief: »Oh, so soll ich dir für immer entsagen? Aber befiehl mir du, ich will nichts mehr tun, als was du willst.«

Da lächelte sie wie ein Engel und sagte zu ihm: »Du sollst mir nicht für immer entsagen. Es ist ein Tag, da werden wir vor Gottes Thron stehen. Laß uns trachten, daß wir ihm ins Auge schauen und sein Gericht bestehen mögen. Dann will ich deine Freundin sein. Es ist für eine kurze Zeit, daß du dich von mir trennen mußt.«

Leise ließ er ihre Hand los, und lächelnd ging sie weiter. Der Jüngling blieb eine Zeit wie ein Gebannter stehen, dann ging er hin, verschloß sein Haus und ging in die Einöde, um Gott zu dienen. Seine Schönheit wich von ihm, er ward hager und braun und teilte seine Wohnung mit den Tieren des Feldes. Und wenn er müde ward und Zweifel litt und keinen anderen Trost mehr wußte, dann sagte er hundertmal ihre Worte her: »Es ist für eine kurze Zeit ...«

Wohl wurde sie ihm lang, die Zeit, er wurde grau und wurde weiß und blieb auf Erden bis zum einundachtzigsten Jahre. Allein was sind achtzig Jahre? Die Zeiten fliehen dahin, als hätten sie eines Vogels Flügel. Seit jenes Jünglings Tagen sind eintausend und viele hundert Jahre vergangen, und wie bald wird auch unser Treiben und Name vergessen sein und keine Spur unseres Lebens mehr verbleiben als vielleicht eine kleine, ungewisse Legende ...

(1907)

Drei Legenden aus der Thebais

DER FELDTEUFEL

Zu der Zeit, da in Ägypten das verrottete Heidentum mehr und mehr der neuen Lehre wich und in Städten und Ortschaften zahlreiche Christengemeinden aufblühten, zogen sich die dortigen Teufel immer mehr in die thebaische Wüste zurück. Dieselbe war damals noch durchaus unbevölkert; denn die frommen Büßer und Einsiedler hatten dies öde und gefährliche Gebiet noch nicht zu betreten gewagt und hielten sich, wiewohl von aller Gemeinschaft mit der Welt abgeschlossen, zumeist in kleinen Gehöften oder Heuschuppen in der Nähe der Dörfer und Städte auf. So stand den Teufeln mit ihrem Heer und Gefolge jene große Einöde völlig offen; denn es hausten dort nur wilde Tiere und vielerlei giftiges Gewürm. In deren Gemeinschaft begaben sich nun, von den Heiligen und Büßern überall verdrängt, die Oberteufel und Unterteufel sowie alle Wesen und Getiere heidnischer Art. Darunter waren Satyre oder Faune, die man jetzt Feldteufel oder auch Waldgötzen nannte, Einhörner und Zentauren, Dryaden und vielerlei Geister; denn über diese alle war dem Teufel Macht gegeben, und es wurde erachtet, daß sie teils ihrer heidnischen Abkunft, teils ihrer halb tierischen Gestaltung wegen von Gott verworfen und der Seligkeit nicht teilhaftig wären.

Unter diesen Tiermenschen und gestürzten Heidengötzen waren jedoch nicht alle von durchaus böser Art, vielmehr unterstanden manche von ihnen dem Teufel nur mit Widerstreben. Andere gehorchten ihm gerne und nahmen im Ingrimm ein recht teufliches Wesen an; denn sie wußten nicht, warum sie aus ihrem vormaligen unschädlichen und ungestörten Dasein gerissen und unter die Verachteten, Verfolgten und Bösen gestoßen worden seien. Nach den Berichten vom Leben des seligen Wüstenmönches Paul und des Athanasius Nachrichten über den heiligen Vater Antonius scheint es, daß die Zentauren oder Pferdemänner feindselig und von böser Art, die Satyre oder Feldteufel hingegen zum Teil friedlich und zahm gewesen seien. Wenigstens steht geschrieben, daß dem heiligen Antonius bei seiner wunderbaren Wüstenreise zum Vater Paul sowohl ein Pferdemensch wie auch ein Feldteufel begegnet ist, und der erstere verhielt sich böswillig und roh, der Satyr aber redete mit dem Heiligen und zeigte Verlangen nach seinem Segen. Und von demselben Satyr oder Feldteufel handelt die gegenwärtige Legende.

Der Feldteufel war mit vielen andern seiner Art dem Zuge der bösen Geister in die Wüste gefolgt und trieb sich dort in den rauhen Einöden umher. Da er früher in einer schönen und fruchtbaren Waldgegend gelebt und nur mit seinesgleichen und mit einigen lieblichen Dryaden Umgang gehabt hatte, schmerzte es ihn nicht wenig, daß er nun an einen so wilden Ort und unter die Gesellschaft böser Geister und Teufel verwiesen sein sollte.

Bei Tage sonderte er sich gerne von den andern ab, strich allein über die Felsen und Sandwüsten, träumte an sonnigen Orten von seinem früheren leidlosen und fröhlichen Leben und schlummerte manche Stunde unter den vereinzelten Palmbäumen. Am Abend saß er meistens in einem wilden, finstern Felsental, wo ein

kleines Gewässer dahinrann, und spielte auf einer schilfenen Flöte traurige und sehnsüchtige Lieder, deren er immer neue erfand. Wenn diese klagenden Töne erklangen, hörten manche Faune von ferne zu und gedachten mit Leid an die vergangenen schönern Zeiten. Manche von ihnen seufzten erbärmlich und gaben sich schmerzlichen Klagen hin. Andere, da sie nichts Besseres wußten, führten mit Pfeifen und Schreien ausgelassene Tänze auf, um das Verlorene leichter zu vergessen. Die eigentlichen Teufel aber, wenn sie den einsamen kleinen Feldteufel dasitzen sahen und flöten hörten, machten sich über ihn lustig, ahmten ihn höhnisch nach und hänselten ihn auf tausend Arten.
Allmählich, da der Satyr lange Zeit einsam über die Ursachen seiner Trauer, über die frühere paradiesische Lust und das gegenwärtige freudenlose und verachtete Wüstenleben nachgedacht, geseufzt und sich gegrämt hatte, fing er an, mit einigen seiner Brüder über diese Dinge zu reden. In Bälde gab es unter den ernsteren Feldteufeln eine kleine Gemeinschaft, der es am Herzen lag, die Gründe ihrer Verworfenheit zu erforschen und über die Möglichkeit einer Rückkehr zu dem früheren seligen Zustande Betrachtungen anzustellen.
Es war ihnen allen wohl bewußt, daß sie unter die Gewalt und Heeresfolge des Teufels gestellt waren, weil über die Welt ein neuer Gott regierte. Von diesem neuen Gotte wußten sie nur weniges. Wohl aber wußten sie vom Regiment und Wesen ihres Fürsten, des Teufels, sehr viel. Und was sie von ihm wußten, gefiel ihnen nicht. Wohl war er gar mächtig und vermochte vielerlei Zauber, wie er ja auch sie selbst im Banne hatte, aber sein Regiment war hart und fürchterlich.

Nun sahen sie aber, daß dieser gewaltige Teufel selber verbannt und in diese unbewohnten Wüsteneien entflohen war. Also mußte der neue Gott noch weit mächtiger sein. Und daraus schlossen die armen Feldteufel, es wäre vermutlich besser für sie, unter Gottes Regiment zu stehen statt unter dem des Luzifer. Demgemäß trugen sie ein Verlangen, diesen Gott besser kennenzulernen, und sie beschlossen, über ihn jede mögliche Nachricht zu erlangen und alsdann, wenn er ihnen wohlgefiele, einen Weg zu ihm zu machen.
So lebte diese kleine und verzagte Gemeinschaft von Feldteufeln unter der Führung jenes Flötenbläsers in einer geringen, bänglichen Hoffnung ihre traurigen Tage dahin. Sie wußten noch nicht, wie groß des Oberteufels Macht über sie war. Aber sie sollten es bald erfahren.
Um diese Zeit nämlich begannen die frommen Einsiedler ihre ersten Schritte in die bis dahin unbetretene thebaische Wüste zu tun. Schon seit manchen Jahren war als einziger der Vater Paul in die Öde vorgedrungen. Von ihm erzählt die heilige Legende, er habe viele Jahrzehnte hindurch in einer engen Felsenhöhle ein Büßerleben geführt und sich lediglich vom Wasser einer Quelle, von den Früchten eines Palmbaumes und von einem halben Brot ernährt, das ihm jeden Tag durch einen Raben aus den Lüften herab gebracht wurde.
Dieses Pauli von Thebea wurde eines Tages der Feldteufel gewahr, und da ihn eine gewisse schüchterne Hinneigung zu den Menschen lockte, suchte er den heiligen Einsiedler häufig zu betrachten und zu belauschen. Dieses Menschen Treiben erschien ihm wunderbar. Denn Paulus führte ein gar armseliges Leben in vollkommener Einsamkeit. Er aß und trank nicht mehr, als ein Vo-

gel zu seiner Nahrung bedarf, er kleidete sich in die Blätter des Palmbaumes, hauste ohne Lagerstatt in einer schmalen Höhle und ertrug Hitze, Frost und Nässe, ja er kasteite sich noch in besonderen Übungen, kniete viele Stunden auf dem harten Felsen und betete, auch fastete er an manchen Tagen völlig, indem er sich auch jener ärmlichen Speise enthielt, die er zu genießen hatte.

Alles dieses dünkte den neugierigen Feldteufel gar wunderlich, und anfänglich sah er diesen Mann für einen Irrsinnigen an. Bald aber nahm er wahr, daß der besagte Paulus zwar ein jämmerliches und rauhes Leben habe, daß aber seine betende Stimme seltsam warm und inbrünstig und innerlich selig ertönte und daß auf seinem grauen Haupte und auf seinem mageren und verhärmten Antlitz ein heiliger Schimmer lag und eine herzliche, getroste Wonne leuchtete.

Eine lange Zeit beobachtete der Feldteufel den heiligen Büßer jeden Tag, und er kam zu der Erkenntnis, daß dieser Einsiedler ein seliger Mann war und aus unbekannten Quellen Ströme eines nicht irdischen Glückes genoß. Und da er ihn so häufig die Namen Gottes ausrufen und lobpreisen hörte, gedachte er wohl, daß Paulus ein Diener und Freund jenes neuen Gottes sei und daß es gut wäre, diesem Gotte anzugehören.

Darum faßte er eines Tages Mut, trat hinter dem Felsen hervor und näherte sich dem greisen Einsiedler. Derselbe wehrte ihm und rief: »Apage!, apage!« und drohte ihm laut, aber der Feldteufel grüßte ihn demütig und sagte leise: »Ich bin zu dir gekommen, weil ich dich lieb habe, Einsiedler. Wenn du ein Diener Gottes bist, oh, so sage mir etwas von deinem Gotte und lehre mich, damit auch ich ihm dienen kann.«

Paulus wurde auf diese Rede zweifelhaft, und in seiner Milde rief er ihm zu: »Gott ist die Liebe, wisse das. Und selig ist, wer ihm dient und opfert ihm sein Leben. Du aber scheinst mir ein unreiner Geist zu sein, darum kann ich dir Gottes Segen nicht geben. Hebe dich weg, Dämon!«

Der Feldteufel ging traurig von dannen und trug des Büßers Worte mit sich davon. Er hätte gern sein Leben darum gegeben, diesem Diener Gottes ähnlich zu werden. Die Worte Liebe und Seligkeit, obwohl ihre Bedeutung ihm dunkel war, klangen ahnungsvoll und köstlich in seinem Herzen wider und regten in ihm eine heftige Sehnsucht auf, nicht minder süß und mächtig als das Heimweh nach dem verlorenen Ehemals. Und da er nach einigen unruhvollen Tagen seiner Freunde wieder gedachte, die gleich ihm des Teufelsdienstes müde waren, suchte er dieselben auf und erzählte ihnen alles, und sie sprachen darüber, seufzten und wußten keinen Rat.

Um dieselbe Zeit kam ein zweiter Büßer in die Wüste gegangen und ließ sich an einem öden Orte nieder, wo vor seinem Fuße ein Heer von ekelhaftem Gewürm entfloh. Dieser war der heilige Antonius. Der Teufel aber, über den Eindringling erzürnt und in Furcht um seine Herrschaft über diese Wüste geraten, bot sogleich seine Macht auf, ihn zu vertreiben. Es ist jedermann bekannt, auf welch mannigfache Weise er den heiligen Mann bald zu verführen, bald zu schrecken und zu verjagen suchte. Er erschien ihm als ein schönes, buhlerisches Weib, ja als Bruder und Mitbeter, er bot ihm köstliche Speisen an und legte Gold und Silber auf seinen Weg.

Da dies alles nicht wirkte, bot er seine Schrecken auf. Er schlug den Heiligen bis aufs Blut, er erschien ihm in scheußlichen Gestalten, er zog mit Teufeln, bösen Geistern, Satyren und Zentauren sowie mit Scharen reißender Wölfe, Panther, Löwen und Hyänen durch seine Höhle. Auch der sehnsüchtige Feldteufel mußte dem Zuge folgen, aber er nahte dem Dulder nur mit sanften Gebärden, und wenn seine Brüder ihn neckten, am Barte zogen und mißhandelten, leistete er ihm mit verschämten Blicken stille Abbitte. Antonius aber nahm seiner nicht wahr oder hielt ihn für ein Gaukelwerk des Bösen. Er widerstand allen Anfechtungen und lebte viele Jahre in Einsamkeit ein heiliges Leben.

Als er neunzig Jahre alt war, ließ Gott ihn wissen, es lebe in derselben Wüste ein noch älterer und würdigerer Büßer, und sogleich machte Antonius sich auf, diesen zu suchen. Ohne einen Weg zu wissen, pilgerte er durch die Wildnisse, und der sehnsüchtige Feldteufel folgte ihm, half ihm unvermerkt den rechten Weg zu finden und trat endlich zaghaft vor ihn dar. Er grüßte ihn demütig und sagte, er und seine Brüder trügen ein Verlangen nach Gott und bäten ihn, daß er sie segne. Da aber Antonius ihm mißtraute, wich er wehklagend davon, wie es auch in allen alten Berichten der *Vitae patrum* geschrieben steht.

Indessen schritt Antonius weiter, fand den Vater Paulum, demütigte sich vor ihm und war sein Gast. Paulus aber starb, einhundertdreizehn Jahre alt, und Antonius war Zeuge, wie zwei wilde Löwen mit klagendem Gebrüll herbeikamen und mit ihren Krallen ein Grab für den Heiligen gruben. Darauf verließ er die Gegend und kehrte an seinen vorigen Ort zurück.

Allen diesen Begebenheiten hatte der Feldteufel in einiger Entfernung beigewohnt. In seinem schuldlosen Herzen tat es ihm unendlich weh, daß die heiligen Väter beide ihn von sich gewiesen und ohne Trost gelassen hatten. Da er willens war, lieber zu sterben, als fürder dem Bösen untertan zu sein, und da er des seligen Pauli Leben und Wesen wohl beobachtet und sich eingeprägt hatte, begab er sich in dessen armselige Höhle. Er zog sein Büßerkleid aus Palmblättern an, nährte sich von Wasser und Datteln, kniete stundenlang in mühevoller Haltung und mit Schmerzen auf den harten Steinen und suchte in allen Dingen den Dahingegangenen nachzuahmen.

Dabei wurde sein Herz immer trauriger. Daß Gott ihn nicht gleich dem Paulus annehme, konnte er wohl sehen, denn der Rabe mit dem täglichen Brot, der zu jenem gekommen war, zeigte sich nicht mehr. Und doch hatte er gesehen, wie beim Besuch des heiligen Antonius derselbe Rabe ein doppeltes Brot gebracht hatte. Wohl war ein Evangelium in der Höhle, aber der Feldteufel konnte nicht lesen. In manchen Augenblicken, wenn er bis zur Erschöpfung gekniet und Gottes Namen ausgerufen hatte, fühlte er wohl eine leise, heimliche Ahnung von Gott und seiner Seligkeit vorüberwehen, allein zur vollen Erkenntnis konnte er nicht gelangen.

Darum erinnerte er sich der Worte jenes Paulus, daß es selig sei, für Gott zu sterben, und beschloß zu sterben. Noch niemals hatte er einen seinesgleichen sterben sehen, und der Gedanke an den Tod war ihm furchtbar und bitter. Dennoch blieb er bei seinem Vorsatz. Er aß und trank nicht mehr und brachte Tag und Nacht auf den Knien hin, Gottes Namen im Munde.

Und er starb. Er starb kniend, wie er es beim Vater Paulus gesehen hatte. Wenige Augenblicke vor seinem Tode aber sah er mit Erstaunen den Raben herbeifliegen, mit einem Brot, wie das des Heiligen gewesen war, und zugleich ergriff ihn mit tiefer Lust die Gewißheit, daß Gott sein Opfer angenommen und ihn zur Seligkeit erwählt habe.
Kurze Zeit nach seinem Tode kamen von neuem fromme Pilger in jenen Teil der Wüste, um sich dort niederzulassen. Sie erblickten den Leichnam, der im Büßerkleide kniend am Felsen lehnte, und da sie bemerkten, daß es ein Toter war, beschlossen sie, ihn christlich zu begraben. Sie höhlten eine kleine Grube aus, denn der Tote war von geringer Gestalt, und stimmten Gebete an.
Da sie aber den Leichnam aufhoben, um ihn in die Grube zu legen, wurden sie inne, daß unter seinen verwirrten Haaren zwei Hörnlein und unter seinem Blättergewande zwei Ziegenfüße verborgen waren. Da schrien sie laut auf und entsetzten sich über diesen vermeintlichen Hohn des Bösen. Sie ließen den Toten liegen und flohen unter lautem Beten von hinnen.

DIE SÜSSEN BROTE

Die vielen ehrwürdigen Berichte der Vorväter über das Leben der göttlichen Einsiedler in der Wüste Thebais erzählen häufig davon, wie vielerlei Versuchungen der Teufel diesen geprüften Heiligen erregte. Daß jedoch Gottes Güte selber einem solchen Einsiedler zur Versuchung gereichte, davon erwähnt der heilige Johannes von Ägypten ein Beispiel.

In Heliopolis lebte ein wohlhabender Mann. Ohne gerade einen verworfenen Lebenswandel zu führen, liebte er doch die Freuden dieser Welt. Er besuchte den Zirkus und die Bäder, liebte die Frauen, und da er von friedfertiger und etwas träger Natur war, neigte er besonders den Genüssen der Tafel zu.

Diesen guten Mann rührte eines Tages, da er nach einer reichlichen Mahlzeit sich mit Schmerzen niederlegen mußte, die Hand des Herrn so mächtig an, daß er die Eitelkeit seines Wandels mit Schrecken erkannte und sogleich beschloß, von Stund an einzig für das Heil seiner Seele zu leben. Alsbald suchte er den Umgang frommer christlicher Leute, mied alle böse Gesellschaft und veränderte sich mit Gottes Gnade so sehr, daß er ein Gelübde tat, hinfort jeder Lust dieser Welt Valet zu geben und sein Leben als ein büßender Eremit in Entsagung und Gebet hinzubringen.

Also zog er, wie es zu jener Zeit viele fromme Männer taten, von der Stadt Heliopolis hinweg in die grimmige Wildnis, suchte an einem wüsten Ort eine Felsenhöhle und blieb daselbst. Er bereitete mit bloßen Händen ein winzig kleines Stück Boden notdürftig zu, säte eine Handvoll Korn und Linsen und nährte sich vom geringen Ertrag dieser Arbeit. Nach dem Beispiel der heiligen Väter nahm er niemals Speise zu sich, solange die Sonne am Himmel stand, sondern aß erst nach dem Untergang der Sonne, und auch da nur wenig Körner oder in Wasser geweichte Linsen, und trank dazu aus einer nahen Quelle. Auch eiferte er den frommen Eremiten nach mit Beten, Lobsingen und Bußübungen.

Diesen Bemühungen schaute ein kleiner Engel mit Vergnügen zu, der mit andern seinesgleichen jene abgelegene Gegend oft besuchte, um ein Auge auf die Einsiedler zu haben. Der kleine Engel fand ein besonderes Gefallen an diesem Büßer und war ihm oft unsichtbar nahe, um seine Seufzer und Gebete anzuhören und vor Gott ein Zeuge für seine Hingebung und Andacht zu sein.

Der Engel, nachdem er mehrere Jahre lang den guten Mann still beobachtet hatte, faßte sich endlich ein Herz, trat vor Gottes Thron und sprach: »Ich kenne einen Frommen in der Wüste, der führt ein gar demütiges und armes Leben um deiner Ehre willen seit manchen Jahren. Erlaube mir, daß ich ihm ein wenig Trost und Freude bringe, als Zeichen deiner großen Güte.«

Da fragte der Herr: »Was tut denn dieser Einsiedler Besonderes, daß du ihn vor andern beglücken willst?«

Und der Engel sagte schüchtern: »Ach, Besonderes tut er eigentlich nicht. Er ist viel zu demütig und einfältig in seinem guten Herzen, als daß er etwas Besonderes tun sollte. Er gefällt mir so gut.«

Der Herr lächelte und sagte: »Gut, ich erlaube dir, daß du ihm eine Freude bereitest. Aber verdirb ihn mir nicht!«

Der kleine Engel stimmte ein Loblied an und eilte in die Wüste, wo der Büßer hauste. Es ging eben die Sonne am Rand der Wüste unter, und der fromme Mann ging hin, sich eine Handvoll dürrer Linsen ins Wasser zu legen. Da wußte der Engel plötzlich, was er tun wollte, und flog davon.

Als am folgenden Abend der Eremit den Felsen verließ, auf dem er zu beten pflegte und der schon von seinen Knien ausgehöhlt war, und als er in seine Höhle trat, da stieg ihm ein feiner, lange nicht mehr empfundener Duft in die Nase. Und er fand auf dem steinernen Tisch drei Brote liegen, die waren weiß wie Schnee und lind wie Wolle und honigsüß. Er roch an ihnen, er betastete sie, er brach eine Krume ab und führte sie zum Mund. Da ging ein stilles Leuchten über sein Antlitz, er kniete nieder, aß das erste Brot und fand, daß es nach Honig schmeckte. Das zweite schmeckte nach Pfirsich und war auf Zunge und Zähnen dem Fleisch reifer Pfirsiche gleich. Das dritte, das er langsam kostend verzehrte, duftete noch köstlicher und hatte den Geschmack der Ananas. Bei diesem Geschmack seufzte der begnadete Büßer leise wie in einem Traum.

Den andern Tag beging er seine Übungen mit Dankbarkeit. Gegen Abend jedoch blickte er manchmal nach dem Stand der Sonne, und kaum war ihre rote Scheibe am Horizont verglüht, da trat er eilends in seine Höhle, nach dem Tisch zu schauen. Und siehe, wieder lagen drei Brote da, und sie schmeckten nach Apfel, nach Himbeeren und nach Quitte. Das Quittenbrot entlockte dem Frommen wieder einen Seufzer.

Am dritten Tag war der Mittag kaum überschritten, da fing der Einsiedler an, seine Gedanken gen Abend zu lenken, und gab sich heftiger Neugierde hin, welcher Art die heutigen Brote sein würden. Dazwischen überwand er sich wieder, betete und warf sich nieder, aber er mußte immer wieder bald an Erdbeeren, bald an Spalierbirnen, bald an frische Butter oder kaltes Huhn denken.

Nach der Mahlzeit hatte er keine Lust, den Felsen nochmals zu ersteigen und zu beten, er sprach sitzend ein kleines Dankgebet und legte sich wohlig nieder, schlief bis in den Tag hinein und träumte von lauter eßbaren

Dingen, an die er seit Jahren nicht mehr gedacht hatte. Am Morgen strafte er sich und beschloß, Gott zu bitten, daß er ihm keine Brote mehr sende. Aber er brachte es nicht über sich und redete sich ein, daß dies undankbar sein würde. Dafür entschloß er sich am Morgen, heute keines von den Broten zu essen. Um Mittag dann gab er ein wenig nach und nahm sich vor, wenigstens nur eines zu nehmen. Am Abend aber aß er zwei. Das dritte, von dem er nur den Duft genossen hatte, ließ er liegen, als er zur Ruhe ging. Doch konnte er in dieser Nacht nur wenig schlafen. Nach einer Stunde erhob er sich, schaute nach dem Brot, nahm es in die Hand und legte es wieder hin. Und wieder nach einer Stunde erhob er sich von neuem, fest entschlossen, das Brot nun doch zu essen. Aber nun war es verschwunden.

Böse Tage begannen. Bald gelang es ihm, ein Brot oder gar zwei liegen zu lassen, bald aß er wieder alle, und nie war er mit sich zufrieden. Mit der guten Speise aber kehrte das Blut in seine Wangen und die Kraft in seine Glieder zurück. Er träumte von Tafeln voll erlesener Gerichte, von süßem Cyperwein, von lauen, wohlriechenden Bädern. Schließlich versäumte er Arbeit und Gebet immer mehr, sehnte sich den ganzen Tag nach dem Sonnenuntergang und blieb lange faule Stunden auf dem Lager liegen. Der kleine Engel sah mit Kummer, was er angerichtet hatte. Dem Büßer seine Brote ganz zu entziehen, wagte er nicht, damit jener nicht an Gottes Güte verzweifle. Aber bald legte er ihm nur noch ein einziges, bald nur ein halbes Himmelsbrot hin, und je übler der Eremit sich gebärdete, desto weniger und desto schlechteres Brot fand er am Abend seiner warten.

Dem Manne war jedoch auf diese Weise nicht zu helfen. Das Heimweh nach dem Weltleben hatte ihn mächtig angefallen, und schließlich siegte die Versuchung. Er steckte zwei Brote zu sich und machte sich auf den Weg, um die Stadt Heliopolis und sein ehemaliges Wohlleben wieder aufzusuchen.

Der kleine Engel sah es mit Entsetzen, flog zu Gottes Thron, bekannte alles und legte sich weinend zu des Herrn Füßen.

Der Einsiedler aber eilte voll Begierde dahin, hob seine Füße wie im Tanz und hatte den Kopf voll holder Bilder. Allmählich aber ward er müde, und am Abend war er froh, als er einige Hütten erblickte, wo andre christliche Büßer lebten. Er trat zu ihnen ein, grüßte und bat um Obdach. Sie empfingen ihn brüderlich, boten ihm Wasser und Nüsse, aßen mit ihm und fragten ihn dann, woher er käme. Und da er von seinem Leben erzählte und ihnen als ein großer Heiliger erschien, erwiesen sie ihm Ehrfurcht, baten um seinen Segen und pflogen erbauliche Gespräche. Er hörte beklommen zu, da er ja ganz andre Gedanken in sich verbarg. Doch mußte er ihnen Bescheid geben, und indem er von seinem langen Wüstenleben erzählte, fiel es ihm auf die Seele, wie nahe er Gott gewesen war und wie weit er sich nun von ihm entfernt hatte.

Endlich bat ihn einer der Brüder, ein jüngerer Mann, um Rat und sagte: »Hilf mir, du lieber, frommer Vater. Ich habe kein andres Verlangen, als meine Seele unversehrt zu Gott zu bringen. Aber ich bin noch jung, und zuweilen überfällt mich Versuchung und Fleischeslust. Du, der du das alles längst besiegt hast, sage mir: Wie werde ich der Anfechtungen Meister?«

Da brach der Eremit in Tränen aus, klagte sich an und bekannte den Brüdern alles, was mit ihm geschehen war. Sie trösteten ihn, beteten mit ihm, behielten ihn einige Tage in ihrer Mitte und entließen ihn dann als einen von neuem Geretteten, der unverweilt seine vorige Höhle wieder aufsuchte, Buße tat und zu einem heiligen Leben zurückkehrte. Er fand keine Brote mehr und mußte wieder im Schweiß seines Angesichts den kleinen steinigen Acker bestellen. Der Engel aber stand ihm ungesehen bei und trug, als die Stunde für ihn gekommen war, seine befreite Seele lobsingend zum Himmel empor.

DIE BEIDEN SÜNDER

An einem verborgenen Orte in der Thebais lebten lange Zeit zwei Brüder als Eremiten, die das weltliche Leben verlassen und bei noch jungen Jahren beschlossen hatten, ihre Tage fürder in Bereuung früherer Sünden und heiligem Wandel hinzubringen. Der eine von ihnen hieß Basilius, der andere Justinus, und beide waren von einem zwar nicht unmäßigen, jedoch unstrengen und vergnüglichen Temperament, so daß es ihnen nicht gelungen war, innerhalb ihrer Heimatstadt und des Weltlebens bei einem reinen Wandel zu verharren. Es liebte nämlich Basilius, der ältere, das Würfelspiel und Trinkgelage, während hingegen der jüngere Justinus eine angeborene Neigung zu Weibern und Liebeslust besaß. Da nun beide die große Macht der Versuchung und des schlechten Beispiels wohl erfahren hatten, auch die Gefährlichkeit ihrer natürlichen Neigungen kannten und inniges Verlangen trugen, sich selbst zu besiegen und ihrer Lüste Herr zu werden, hatten sie sich zusammen ihrer Heimat und aller Güter begeben, um in Frömmigkeit und Kasteiung sich eines heiligen Wandels zu befleißigen.

In der ersten Zeit ihres Einsiedlertums trachteten sie es ganz den heiligen Vätern gleichzutun. Sie pflegten Gebet und fromme Betrachtungen, lasen in einem heiligen Buche, darin Pauli Briefe an die Korinther enthalten waren, und zehrten sparsam von ihren mitgebrachten Vorräten, wobei sie der Hoffnung waren, es würde bald der Ruf ihres Eremitentums erschallen und ihnen alsdann von gläubigen Besuchern und Bittstellern das zum leiblichen Leben Notwendige reichlich dargebracht werden. Jedoch bewährte sich diese ihre Hoffnung nicht, sondern bald sahen sie sich in ihrem Geklüfte von den Menschen vergessen und von der Not bedrängt.

Nunmehr erkannten die beiden Büßer, daß der Herr zwar seine Auserwählten und Propheten wohl auf wunderbare Art zu speisen vermöge, die Nichtstuer aber nicht ebenso zu erhalten gesonnen sei. Daher begannen sie zu arbeiten, und es währte nicht gar lange, so wurden sie des Segens teilhaftig, den Gott auf der Hände Arbeit legt. Sie sammelten Früchte, Beeren und Wurzeln, pflanzten junge Bäume, machten ein Stück Boden urbar und säten Weizen und Mais darauf. Auch gruben sie ihrer Felsenquelle ein Becken, darin das klare Wasser sich sammelte, und leiteten es sodann durch ihren kleinen Garten. Und über all dieser Bemühung und Arbeit erstarkten sie, und das Bekämpfen ihrer alten Gelüste und Leidenschaften ward ihnen leichter, als es bei Lesen und Beten gewesen war.

Indessen trug der geringe Boden nur spärliche Frucht, die Palmbäume und Feigenbäume desgleichen. Die beiden frommen Brüder hatten Mühe, sich der täglichen Not zu erwehren, und dachten mit Sorge daran, woher sie für die nächste Saatzeit Korn und Samen nehmen möchten. Auch fehlte es an manchem Geräte sowie an der Kleidung. So dachten sie denn fleißig darauf, ihre Umstände zu verbessern und ein kleines Stück Geld für bedürftige Zeiten zu verdienen. Da legte sich Justinus darauf, aus Weidenzweigen allerlei Körbe zu flechten, die ihm nach einiger Übung gar schön und mannigfaltig gelangen. Basilius hingegen hatte in früheren Jahren einige Kenntnis von heilsamen Kräutern erworben und sammelte nun solche mit Eifer, wo er sie fand, trocknete sie, zog Säfte aus ihren Wurzeln und ordnete und reinigte ihre Stengel, Blätter und Samen mit Sorgfalt.
Mit diesen Gewerben, womit sie neben dem Gartenbau ihre ganze Zeit ausfüllten, hofften die Einsiedler sich in Bälde aller Not zu erwehren, und ihre Hoffnung trog sie nicht. Als sie zum erstenmal die halbe Tagereise nach der Stadt unternahmen, konnten sie alles Gesammelte samt den schönen Körben und Geflechten des Justinus leicht und gut an die Händler verkaufen und kehrten mit ansehnlichen Vorräten an Lebensmitteln und Saatkorn in ihre einsame Kluft zurück. Doch tat der Anblick der Stadt, der Gewerbe und Menschen, des Handels und der üppigen Lustbarkeit ihnen beiden nicht wohl, sondern regte ihre schlafenden Leidenschaften heimlich auf, so daß sie den Ort zwar in Ehren, doch mehr Flüchtlingen als Siegern gleich verließen, um in der stillen Einöde aufs neue mit Arbeit, Gebet und Mäßigkeit sich zu bekämpfen und zu läutern. Auch

faßten sie den Beschluß, die Stadt als eine Stätte der Verführung stets nur gemeinsam und nur in notwendigen Geschäften wieder zu betreten.
Von da an verlief ihr Leben manche Jahre lang unverändert in dieser Weise. Justinus flocht seine feinen Korbwaren, die immer besser gerieten und immer größeren Nutzen einbrachten; Basilius sammelte Arzneikräuter und bereitete Pulver und Säfte, und gemeinsam bestellten sie ihr Ackerland, ernteten die Baumfrüchte und hielten ihr ärmliches, doch wohlgegründetes Wesen in Ordnung. An bestimmten Tagen fasteten sie und lasen in ihrem Buche, sie heiligten den siebenten Tag und erhielten zuzeiten den Zuspruch vorüberwandernder Brüder aus anderen Einsiedeleien.
Zweimal im Jahre aber besuchten sie die Stadt. Dies war der Aussaat wegen notwendig, denn man kann in jenem Lande das Feld zweimal jährlich besäen und ernten, und sie mußten so Gerste wie Dinkel, Mais wie Weizen von den Händlern kaufen, da ihre kleine Ernte stets bis zum letzten Fruchtkorn vom täglichen Bedarf verschlungen ward.
Diese Wanderung nach der Stadt schuf den beiden Büßern jedesmal schon manche Tage voraus, und noch längere Zeit hinterdrein, eine große Erregung und Beklemmnis des Gemüts, indem die Nähe und der Anblick der Sünde und des Weltlebens sie in der Seele aufregte, ihre alten bösen Wünsche wieder entzündete und ihrer inneren Förderung ein schweres Hemmnis entgegensetzte, das nachher nur langsam in Gebet und Arbeit wieder gehoben werden konnte. Ja, man darf sagen, jeder von diesen seltenen Gängen zur Stadt riß mehr als die Hälfte dessen wieder ein, was Einsamkeit

und Buße in ihrem Herzen aufgebaut hatte, so daß zwar beide fromme Männer frei von neuer Sünde blieben, in der Buße aber stets wieder einen Rückschritt taten und von Jahr zu Jahr sich nahezu vergebens bemühten, ohne die ersehnte Heiligkeit jemals zu erreichen.

So stand es um unsere Brüder, als sie nach der gewohnten Zeit wieder einmal sich genötigt sahen, ihrer Hände Arbeit feilzutragen und Speise, Korn und Linnen dagegen einzuhandeln.
Keiner wagte es, von der Stadt zu sprechen, aber beide saßen sie des Abends müßig, schwiegen und stießen heimliche Seufzer aus. Die Saatzeit stand bevor, und von den Körben des Justinus war eine große Last zum Verkauf bereit. Auch Basilius tat seine Arzneien und Pflanzen in Beutel und Körbchen und machte sich zur Reise fertig.
Er als der ältere fing zuerst davon zu reden an. »Was meinst du?« fragte er. »Wollen wir in Gottes Namen morgen dahinziehen?« Justinus sah ihn an und erwiderte mit Seufzen: »Es ist wohl notwendig, Bruder, und meine Körbe stehen bereit. Ist denn auch dir das Herz so rastlos und beklommen?«
»Ja, mein Bruder«, sprach Basilius traurig. »Ich sehe schon den falschen Glanz der Weltlust auf mich eindringen und muß mir viel Gewalt antun, damit mein Herz nicht verlockt und treulos werde. Damit will Gott uns arme Büßer prüfen. Ihm befehle ich das Heil meiner Seele. Laß uns beten, Bruder Justinus!«
Und sie knieten nieder, seufzten und beteten bis in die tiefe Nacht. Doch mußten sie laut rufen und sich Zwang antun, um nicht ins Böse zu fallen, denn die bevorste-

hende Wiederkehr in die Welt umgab jeden von ihnen mit einem verführerischen Duft, der sie gleichsam berauschte und alle guten Entschlüsse schwächte und in Schlummer sang, wie ein Zauberer arme Kinder betört.
Am frühen Morgen hatten sie beide wenig geschlafen und erhoben sich zu gleicher Zeit. Sie luden sich ihre Ware auf die Schultern, und ihre hölzernen Sandalen klapperten auf dem Gestein. Unterwegs schwiegen sie still, aber ihre Gedanken eilten ihnen voraus und verweilten bei den Lustbarkeiten der Stadt, so zwar, daß Justinus lauter schöne und wollüstige Frauen sah, Basilius aber den Geruch süßen Weines und würziger Speisen roch und das tönende Rollen der Würfel auf marmornen Tischen hörte. Und so sehr sie dagegen ankämpften, gingen ihre Wünsche doch immer wieder dieselben Wege, während ihnen der Schweiß von den Stirnen floß und ihre trockenen Lippen stumme Gebete murmelten. Wer sie gesehen hätte, würde sie nicht für harmlose Pilger, sondern für zwei Verzweifelte gehalten haben.
Eine Stunde vor Mittag erreichten sie das östliche Tor der Stadt. In ihrer Herzensbewegung, welche ebensowohl Angst wie Lüsternheit zu nennen war, liefen sie in einem schnellen Trab in das Tor und in die Gassen hinein. Am Markt aber hielten sie inne und nahmen voneinander Urlaub, damit ein jeder seinen Handel besorge. Und sie trafen, wie jedesmal, die Abrede, sich alsdann in der und der Herberge wieder zusammenzufinden, wo sie einen bescheidenen Imbiß zu nehmen und nach kurzer Rast wieder eilig die arge Stadt zu verlassen gewohnt waren. So trennten sie sich auch dieses Mal.

Dem Justinus geschah es nun, daß seine Geschäfte weit schneller und besser vonstatten gingen als sonst. Es rief ihn nämlich sogleich in der ersten Gasse ein Großhändler in sein Gewölbe und nahm ihm alle seine Körbe, eine beträchtliche Manneslast, ohne Feilschen zu einem guten Preise ab, denn er hatte eine große Sendung Oliven erhalten, die er ohne Verzug in Körbe füllen und zu Markte schicken wollte. So sah sich der Eremit seiner Last und Sorge unversehens ledig und stand da mit zwei großen Silberstücken in der Hand.

Dankbar ersah er darin eine Fügung des Herrn und begab sich unverweilt, um allem Ärgernis am sichersten zu entrinnen, in jene Herberge, wo er den Basilius zu erwarten gedachte. Dieser hatte jedoch viele Gänge zu tun und konnte noch lange nicht kommen.

In der Herberge war um diese Stunde kein Mensch, und der Wirt schlief auf einer Matte am Boden. Bescheiden setzte sich Justinus auf eine Bank und wartete geduldig, bis der Wirt erwache. Der schlief jedoch ungestört weiter, aber statt seiner erschien in Bälde eine junge Magd, die fragte den Büßer, was er begehre. Da bat er um Brot und Datteln, und obwohl er dem Mädchen nicht ins Angesicht zu schauen wagte und die Augen gesenkt hielt, mußte er doch, als sie davoneilte, den Blick erheben und ihr nachschauen. Und er sah eine volle, runde Gestalt, schwarzes Haar, einen braunen Nacken von schwarzem Gekräusel umspielt, auch ein paar kräftige, runde Arme, wohlbeschaffene, im Schreiten gespannte Hüften und zierliche, hübsch beschuhte Füße.

Diese Dinge trieben dem armen Eremiten den Schweiß auf die Stirne, und während er noch entzückt ins Leere schaute, erhob sich Scham, Beklemmung und Furcht in seiner verwirrten Seele. Er stöhnte leise, wischte sich die Stirne mit dem Ärmel ab und hielt, als die junge Magd wiederkehrte, seine Augen mit Gewalt auf den Tisch gesenkt. Sie aber schob ihm seine Speise zu, schaute ihn aufmerksam an, bemerkte sogleich seine Seelenqual und Verwirrung und zog in ihrem verwahrlosten Gemüte den Schluß, dieser Fisch habe in ihre Angel gebissen, womit sie leider recht hatte, wenn auch Justinus es nicht zugegeben hätte. Aber sein Herz schlug hurtig, und seine Augen wollten mit Gewalt zum Anblick des Mädchens zurück.

Da lächelte sie leicht und sagte dazu mit ernsthaftem Ton: »Ich sehe, Ihr seid ein Büßer und heiliger Mann. Habt Ihr denn auch Geld, Euer Essen zu bezahlen? Denn ich habe es Euch gegeben und muß es verantworten.« Auf diese Anrede zog er flugs seine beiden Silberstücke hervor und zeigte sie dem Weibe dar.

»Es ist gut«, sagte sie, »und ich habe Vertrauen zu Euch. Wisset, ich möchte mit Euch etwas Wichtiges reden. Doch kann es hier nicht sein, denn der Wirt möchte es hören, und meine Angelegenheit ist von geheimer Art. Ich bitte Euch, heiliger Mann, kommt einen Augenblick mit mir hinaus, die Sache liegt mir sehr am Herzen.«

Betäubt und verlegen folgte ihr Justinus, sie aber zog ihn in ihre Kammer, ließ ihr rotes Busentuch fallen, lachte ihn mit sieben Himmeln an und sagte, indem sie sich an ihn drückte: »Gib mir einen Silberling, dann darfst du meine Schönheit sehen. Und gib mir zwei, dann darfst du bei mir schlafen.«

Dieses kam über den Bedrängten wie ein heißer Wüstenwind. Er konnte nicht mehr denken, seit die Dirne mit weicher Hand seine Hände berührt und ihre Augen nahe an seine gebracht hatte. Zitternd gab er seine beiden Silberstücke hin, hörte das Mädchen lachen, sah unter leichtem Linnen eine Schulter und weiße Geheimnisse leuchten und sank verloren zu ihr hin, stammelte vergessene Koseworte und tat seinen Sündenfall besinnungslos und blind wie ein Trunkener. Und gleich darauf fand er sich wieder, am Tisch der Herberge sitzend, Brot und Datteln vor sich, den schnarchenden Wirt auf der Matte. Aus einem todestiefen Taumel und Krampf der Sinne aufgewacht, schaute er mit geblendeten Augen den Tag und alle Dinge, sah, was er getan hatte, schlug beide Hände vor die Augen und versank in eine namenlose Traurigkeit, Reue, Scham und Verzweiflung fielen über ihn her, unbegreiflich schien ihm sein Fall, und er sah alle die harten Jahre der Einsiedlerschaft vor Gott ausgelöscht und seine ganze Buße und Hoffnung vertilgt.

In solchem Zustande traf ihn nach einer Stunde Basilius, der unterdessen seinen Handel besorgt und eine Silbermünze gewonnen hatte. »Was ist dir geschehen?« rief er sehr erschrocken und legte die Hand auf des Bruders Schulter. Da brach Justinus in Tränen aus und rief: »Weh mir, ich bin verloren!« Doch vermochte er nicht zu bekennen, was geschehen war, sondern schüttelte nur verzweifelnd das Haupt und zeigte seine leeren Hände.

Da führte Basilius ihn liebreich hinweg und zu der Stadt hinaus, und vor dem Tore setzte sich Justinus auf einen Feldstein, der am Wege lag, und sagte mit abgewandtem Blick: »Verlasse mich du, Bruder, und gehe allein! Ich bin dem Teufel verfallen und ist keine Hoffnung mehr vorhanden.« Und erzählte ihm alles.

Basilius sah wohl, wie es um den Unglücklichen stehe und daß hier Schelten und Predigen nicht am Ort wäre. Sein Herz blutete um den Gefallenen, und in seiner verwundeten, mitleidenden Liebe erfand er eine wohlgemeinte, doch gefährliche List, um ihn zu trösten. Diese List war eine Lüge.
»O Bruder«, sagte er mit Verstellung und geheuchelter Scham, »du tust unrecht, mich von dir zu weisen. Ach, wenn du wüßtest, was ich auf dem Gewissen habe! Siehe, Lieber, während du in der Herberge auf mich wartetest und in Sünde fielst, habe ich Unseliger Schlimmeres getan.« Und er log und erzählte, er habe drei Silberlinge gehabt und sei mit diesen in ein Weinhaus gegangen, habe geschlemmt und gewürfelt, einen Jüngling um sein ganzes Geld gebracht und selbiges wieder an andere Spieler verloren. Er demütigte sich tief, um den Genossen aufzurichten, klagte sich an, um jenen zu trösten, beschmutzte sich selbst, um ihn zu reinigen.
Betroffen hörte ihm Justinus zu, dann gab er ihm weinend die Hand und klagte: »O mein Bruder, was soll nun aus uns werden?« Basilius richtete ihn auf, zog ihn mit sich und sagte tröstlich: »Bei Gott ist Vergebung. Laß uns in die Einöde zurückkehren und Buße tun.«
Sie wanderten den weiten Weg zurück und kehrten schweigsam, ein jeder in tiefen Gedanken, spät in der Nacht wiederum in ihrer Klause ein. Mit Wehmut betrachtete Justinus den Ort und sein reines Lager. Er legte sich nicht auf die Laubstreu, sondern warf sich auf den kalten Felsen nieder und entschlief erst gegen den

Morgen nach unendlichen Selbstanklagen und Reuegedanken.
Anders erging es Basilius. Was er dem Betrübten erzählt hatte, war eine Lüge gewesen, und Lüge trägt bösen Samen. Indem er den Bruder tröstete, hatte seine Erzählung ihn selbst vergiftet und seine Einbildung entzündet. Jener hatte Sünde begangen und bereute sie bitter, er aber hatte, wenn auch in guter Meinung, mit der Sünde gespielt und dem Bösen eine Türe geöffnet. Nun gingen alle seine Gedanken lüstern den gewiesenen Weg, und er malte sich alles, was er Justinus zuliebe ausgesonnen hatte, mit heiteren Farben vor und entbrannte in böser Leidenschaft, die ihm den Schlummer vertrieb.
So begab es sich, daß Justinus in dieser Nacht mit Schmerzen bereute, daß er gesündigt hatte, während Basilius mit nicht geringerer Kraft bereute, daß er die Sünde unterlassen hatte. So gehen in des Menschen Sinn die guten und die schlimmen Kräfte hin und wider.
Als Justinus in der Frühe auf seinem harten Lager erwachte, fand er sich allein. Still verrichtete er sein Gebet und ging, obwohl er müde war, an seine tägliche Arbeit, indem er wähnte, sein Genosse sei über Feld nach Kräutern ausgegangen. Und als Basilius ausblieb und auch zum Abend nicht wiederkam, faßte der Zerknirschte keinen Argwohn, sondern glaubte in seiner reuigen Demut, jener habe ihn aus Ekel allein gelassen und möge nach seiner Verfehlung nicht mehr sein Bruder sein. Denn wohl gedachte er noch an des Basilius Bekenntnis, doch schien ihm sein eigenes Verschulden weit größer und abscheulicher zu sein. Darum hielt er sich in strenger Buße, fastete mehrere Tage, schlug sich

mit Weidenruten bis aufs Blut und lag des Nachts nackt auf den Steinen.
Unterdessen lag Basilius, der in der Nacht entwichen und heimlich in die Stadt gewandert war, mit einem Beutel voll glücklich erwürfelten Geldes in griechischen Weinschenken herum und tat in trunkener Schwelgerei seinem üblen Willen Genüge.
Nun möchte es scheinen, als habe Gottes Gerechtigkeit diese beiden Männer vergessen, daß ihre eifrige Buße also gescheitert und zum Spott geworden war. Allein Gottes Gedanken sind unerforschlich. Ihm war es nicht verborgen geblieben, daß in diesen armen Büßern die Weltlust nicht ertötet war, und er ließ sie fallen, doch nicht um sie zu verderben. Indem Justinus seiner schweren Buße oblag, kam Friede in sein Gemüt, und er erkannte, daß die böse Lust für immer von ihm gewichen war. Doch frohlockte er dessen nicht, verharrte vielmehr in Demut und ließ nicht nach, sich um das Geschehene zu strafen. Und er bat Gott um ein Zeichen, indem er sich vornahm, seine harte Kasteiung nicht zu enden, bis nach Gottes Willen sein entschwundener Bruder wiederkehre und ihm vergebe.
Da erbarmte sich Gott des Gedemütigten und sandte ihm im Traume der Nacht eine Stimme, die gab ihm alles kund, wie Basilius aus Mitleid zum Lügner und aus der Lüge zum Sünder geworden war, und trug ihm auf, den Verlorenen zu suchen, damit Gottes Erbarmen an beiden herrlich werde.
Freudig machte sich nun Justinus noch vor Anbruch des Tages auf die Reise und eilte wie auf Flügeln nach der Stadt, und es war das erstemal, daß er freien Herzens und ohne einige Beklemmung diesen Weg wandelte.

Und er erreichte die Stadt frühzeitig, trat zuversichtlich durch das Tor und ging gegen den Markt, um seinen verlorenen Bruder zu suchen.
Bald kam er an einer berüchtigten Schenke vorüber, aus deren Torbogen ein höllischer Lärm von Flüchen, Streitreden, Gelächter und unflätigem Schimpf erscholl. Und da er eben vorüberging, zerriß der Vorhang des Tores, und es taumelte, von Fußtritten und Fausthieben getrieben, eine trunkene Gestalt in zerrissenen Kleidern und mit blutigem Antlitz in die Straße heraus, wankte im Kreise und stürzte in den Kot. Niemand half dem Menschen, vielmehr tönten ihm Schimpfworte nach, Hund und Galgenvogel, und der Wirt spie aus und drehte sich um.
Justinus beugte sich mit Schrecken und Mitleid über den Elenden, der zerstört aus trüben Augen blinzte und ganz blutrünstig war, und erkannte ihn und nahm seinen Bruder Basilius in die Arme und trug ihn davon. »Das alles hat er um mich gelitten!« sagte er mit nassen Augen zu sich selbst und hegte den Verkommenen wie einen Herzensbruder an seiner Brust, wusch ihn am Brunnen, ließ ihn trinken und führte den Wankenden durch die höhnenden Gassen hinaus.
Er brachte ihn mit großer Mühe bis in ihre alte Klause zurück, bereitete ihm ein Lager, verband seine wunden Glieder, pflegte und koste ihn mit sorgender Liebe. Und da Basilius am Leibe genas, seine Seele aber in Finsternis und Verzweiflung fiel, blieb er um ihn, tröstete ihn, betete mit ihm und gab ihm kund, wie Gottes Gnade über ihnen beiden gewaltet hatte.
Als aber die Brüder sich berieten, auf welche Weise sie Gott ehren, ihr Fleisch bestrafen und ihre Missetaten

auslöschen könnten, beschlossen sie, ein Gelübde zu tun, daß keiner von ihnen jemals wieder die Stadt mit Augen sehen sollte. Und sie gelobten einer dem andern, daß sie lieber Hungers stürben und Not erlitten, ehe sie sich wieder den Geschäften der Welt zuwendeten.

Daraufhin ward ihr Leben wieder still, arbeitsam und friedevoll manche Jahre lang. Sie wurden alt und vergaßen der Welt, nicht aber ihres Gelübdes. Und Gott hatte ein Wohlgefallen an ihrem Leben.

Denn einstmals trat eine vollkommene Mißernte ein, so daß auch die Palmbäume und die Feigenbäume jegliche Frucht verweigerten, und die Eremiten kamen in schwere Hungersnot. Doch blieb ihnen der Gedanke fern, ihr Gelöbnis zu brechen und bei Menschen Rettung zu suchen, sondern sie vertrauten allein auf Gott, und so es ihm gefiele, wollten sie gern den Hungertod erleiden.

Aber siehe, nachdem die Brüder zwei Tage lang ohne alle Zehrung geblieben waren, sandte der Herr einen Raben, der trug ein himmlisches Brot und legte es vor den Büßern nieder und speiste sie, wie Gott nur seine Auserwählten speist.

(1907 – 1909)

Legende vom indischen König

Es war im alten Indien der Götterzeit, noch viele Jahrhunderte vor dem Erscheinen Gotama Buddhas, des Erhabenen, da wurde einstmals ein neuer König von den Brahmanen geweiht. Dieser junge König genoß die Freundschaft und Belehrung zweier Weisen, welche ihn lehrten, sich durch Fasten zu heiligen, die dem Blut innewohnenden Stürme seinem Willen zu unterwerfen und sein Denken zum Verständnis des All-Einen vorzubereiten.

Es war nämlich zu jener Zeit unter den Brahmanen ein eifriges Streiten über die Eigenschaften und Befugnisse der Götter, über das Verhältnis des einen Gottes zum andern und über das Verhältnis eines jeden zum All-Einen. Manche Denker hatten begonnen, das Dasein jeglicher Gottheiten zu leugnen, indem sie die Namen der verschiedenen Götter nur als Namen der wahrnehmbaren Teile des unsichtbaren Einen gelten lassen wollten. Andre bestritten diese Auffassung heftig, sie beharrten bei den alten Gottheiten, ihren Namen und Bildern, und sie wollten gerade das All-Eine nicht als etwas Wesenhaftes, sondern nur als einen Namen für die Gesamtheit aller Götter erklärt wissen. Ebenso wurden die in den Hymnen enthaltenen heiligen Worte von den einen als erschaffen und wandelbar, von den anderen als ur-wesenhaft, ja als das allein Unwandelbare aufgefaßt. Hier sowohl wie auf allen andern Gebieten der heiligen Erkenntnis äußerte sich das Streben nach der letzten Wahrheit in einem Zweifeln und Streiten darüber, was Geist selbst und was nur Name sei, obwohl einzelne auch diese

Unterscheidung noch verwarfen und Geist und Wort, Wesen und Gleichnis für untrennbare Einheiten ansahen. Beinahe zwei Jahrtausende später haben sich die edelsten Geister des abendländischen Mittelalters über beinahe dieselben Punkte gestritten. Und hier wie dort gab es neben den ernsten Denkern und selbstlosen Kämpfern eine Menge von fetten Pfaffen, die ohne Geist und ohne Hingabe einfach sich dafür einsetzen, daß keine Schwächung des Ansehens von Opfer und Priesterschaft eintrete, daß Freiheit des Denkens und Freiheit in der Auffassung der Götter nur ja nicht dazu führen möge, die Macht und das Einkommen der Priester zu vermindern. Sie sogen das Volk nicht wenig aus; wem ein Sohn oder eine Kuh krank wurde, der bekam für Tage und Wochen die Pfaffen ins Haus und konnte sich an den Opfergaben verbluten.

Auch jene beiden Brahmanen, deren besonderen Unterricht der nach Erkenntnis dürstende König genoß, waren untereinander uneins über die letzte Wahrheit. Da sie alle beide im Rufe außerordentlicher Weisheit standen, betrübte es den König oftmals, ihre Uneinigkeit anzusehen, und häufig dachte er bei sich: »Wenn diese zwei Weisesten über die Wahrheit nicht einig werden können, wie soll da ich, der ich wenig gelehrt bin, jemals ein Wissender werden können? Wohl zweifle ich nicht, daß es nur eine einzige und unteilbare Wahrheit geben kann; doch scheint es mir selbst für Brahmanen unmöglich, sie mit Sicherheit zu erkennen.«

Seine beiden Lehrmeister aber, wenn er sie hierüber befragte, sagten ihm nur: »Viele sind der Wege, doch nur Ein Ziel. Faste, töte die Leidenschaften in deinem Herzen, rezitiere die heiligen Strophen und denke über sie nach.«

Der König tat willig, wie ihm gesagt war, und machte große Fortschritte im Wissen, ohne doch an das Ziel zu dringen und die letzte Wahrheit zu schauen. Indem er die Leidenschaften des Blutes überwand, alles tierische Begehren und Behagen verabscheute und von Essen und Trinken nur das Notwendigste – täglich eine Banane und einige Reiskörner – zu sich nahm, reinigte er sich an Leib und Geist und vermochte allen Eifer und alle Kraft und Sehnsucht seiner Seele einzig auf das letzte Ziel zu richten. Heilige Worte, deren Silben ihm früher leer und öde getönt hatten, erschlossen ihm nun die Blüte ihres Zaubers und beglückten ihn mit innigem Trost, und in den Kampfspielen und Übungen des Verstandes erwarb er Preis um Preis. Den Schlüssel aber zum letzten Geheimnis und zum Rätsel alles Seins, den fand er nicht und blieb darüber betrübt.

Da beschloß er, sich durch eine große Übung zu kasteien. Er verschloß sich volle 40 Tage in sein innerstes Gemach, aß keinen Bissen und schlief ohne Decke noch Kissen nackt auf dem bloßen Estrich. Sein hagerer Leib duftete Reinheit, sein schmales Gesicht glänzte von innen her, seine Augen beschämten die der Brahmanen durch ihre strahlende Reinheit. Und am Ende dieser 40 Tage lud er alle Brahmanen ein, in der Halle des Tempels ihren Verstand im Lösen schwieriger Fragen zu üben, und für die Gewinner der Preise standen weiße Kühe mit goldenem Stirnschmuck als Ehrengeschenke bereit.

Die Priester und Weisen kamen, ließen sich nieder und eröffneten alsbald die Schlacht der Gedanken und Worte. Sie bewiesen Glied für Glied die genaue Übereinstimmung der sinnlichen und der geistigen Welt, schärften ihren Sinn im Erklären von heiligen Strophen und redeten über das Brahma und den Atman. Sie verglichen das hundertarmige Urwesen mit dem Wind, mit dem Feuer, mit dem Wasser, mit dem im Wasser aufgelösten Salz, mit der Vereinigung von Mann und Weib. Sie ersannen Vergleiche und Bilder für das Brahma, das Götter erschafft, welche größer sind als das Brahma selbst, und unterschieden das schaffende Brahma von jenem, welches das Geschaffene in sich schließt, sie versuchten es mit sich selbst zu vergleichen. Sie disputierten glänzend darüber, ob der Atman älter sei als sein Name, ob sein Name gleich seinem Wesen oder nur eine Schöpfung desselben sei.

Immer wieder hub der König an und versuchte die Weisen mit neuen Fragestellungen. Allein je mehr die Brahmanen Antwort und Erklärung gaben, desto mehr fühlte der König sich unter ihnen allen einsam und verlassen. Und je mehr er fragte und den Antworten zunickte und den Geistvollsten Geschenke geben ließ, desto brennender erfüllte ihn die Sehnsucht nach der Wahrheit selbst. Diese wurde, wie er wohl erkannte, von allen Reden und Untersuchungen nur umkreist, nie berührt, und in den innersten Kreis drang keiner. Und indem er ihnen seine Fragen aufgab und seine Ehrengaben verteilte, kam er sich vor wie ein Kind, das mit anderen Kindern einem Spiele hingegeben ist, einem hübschen Kinderspiel, über das die Männer lächeln.

Da versank inmitten der großen Versammlung der König mehr und mehr in sich selbst, verschloß alle seine Sinne und richtete seinen glühenden Willen einzig auf die Wahrheit, von der er wußte, daß sie an jedwedem Wesen teilhabe und in jedem schlummere, also auch in ihm, dem Könige. Und da er rein und schlackenlos in seinem Innern war, fand er mehr und mehr in sich selbst Sättigung und Helle, und je tiefer er in sich versank, desto lichter ward es vor ihm, gleichwie wenn einer in einer Höhle wandert und sich immer mehr, mit jedem Schritt, dem strahlenden Ausgang nähert.

Indessen redeten und stritten die Brahmanen noch lange Zeit unter sich weiter und achteten des stumm und taub gewordenen Königs nicht. Sie erhitzten sich, ihre Stimmen wurden laut und heftig, und mancher mißgönnte dem andern die Kuh, die er zum Geschenk bekommen hatte.

Bis endlich einer von ihnen den Versunkenen bemerkte. Er verstummte und deutete mit ausgestrecktem Finger auf ihn, und sein Nachbar verstummte und tat desgleichen, und dessen Nachbar wieder, und während am Ende der Halle noch einige Gruppen lärmten und redeten, war der übrige Saal totenstill geworden; und endlich waren sie alle verstummt, saßen ohne Rede und sahen den König an. Dieser saß aufrecht mit bewegungslosen Mienen, sein Blick war im Unendlichen, und sein Antlitz strahlte hell und kühl wie ein Gestirn. Und alle Brahmanen neigten sich vor dem Verklärten und erkannten, daß sie da nur Kinderspiel getrieben hatten, während hier in dieser königlichen Gestalt Gott selbst, der Inbegriff aller Götter, eingekehrt sei.

Der König aber, dessen Sinne in die Einheit verschmolzen und nach innen gerichtet waren, schaute die Wahrheit selbst, die unteilbare, als reines Licht, das ihn mit süßer Gewißheit durchdrang, so wie der Sonnenstrahl einen Edelstein durchdringt, daß er selbst Licht und Sonne wird und Geschöpf und Schöpfer in sich vereint.

Und da er erwachte und um sich schaute, lachten seine Augen, und seine Stirn leuchtete wie ein Stern. Er legte sein Gewand von sich, verließ den Tempel, verließ die Stadt und sein Königreich und ging nackt in die Wälder, in denen er für immer verschwand.

(1907)

Hinrichtung

Der Meister kam mit einigen seiner Jünger auf der Wanderung vom Gebirge herab gegen die Ebene und näherte sich den Mauern einer großen Stadt, vor deren Tore eine große Menge Volkes versammelt war. Da sie näher kamen, sahen sie ein Blutgerüst errichtet und die Henker an der Arbeit, einen von Gefängnis und Folter geschwächten Menschen vom Schindkarren zu zerren und zum Richtblock zu schleppen. Die Volksmenge aber drängte sich um das Schauspiel, verhöhnte und bespie den Verurteilten und sah seiner Enthauptung mit lärmender Freude und Begierde entgegen. »Wer ist dieser«, fragten die Jünger untereinander, »und was hat er wohl getan, daß die Menge seinen Tod so wild begehrt? Wir sehen keinen, der Mitleid hätte oder weinte.«

»Ich glaube«, sprach der Meister traurig, »es ist ein Häretiker.« Sie gingen weiter, und da sie an die Volksmenge stießen, erkundigten sich die Jünger teilnahmsvoll bei den Leuten nach dem Namen und Verbrechen dessen, den sie soeben am Block niederknien sahen.

»Es ist ein Ketzer«, riefen die Leute zornig, »hallo, da senkt er den verfluchten Kopf! Nieder mit ihm! Wahrlich, der Hund hat uns lehren wollen, die Stadt des Paradieses habe nur zwei Tore, und wir wissen doch, daß es zwölfe sind!«

Verwundert wendeten sich die Jünger zum Meister und fragten: »Wie hast du dies erraten können, Meister?«

Er lächelte und ging weiter.

»Es war nicht schwer«, sagte er leise. »Wäre er ein

Mörder gewesen oder ein Dieb oder ein Verbrecher irgendeiner Art, so hätten wir beim Volk Mitleid und Teilnahme gefunden. Viele hätten geweint, manche seine Unschuld beteuert. – Wer aber einen eigenen Glauben hat, den sieht das Volk ohne Mitleid schlachten, und sein Leichnam wird vor die Hunde geworfen.«

(ca. 1908)

Die Belagerung von Kremna

Zur Zeit der Kaiser Aurelian, Tacitus und Probus hatte in den seit Jahrhunderten als Räubernester verrufenen kleinasiatischen Provinzen Isaurien, Pisidien und Lykien ein gewisser Lydius einen gefürchteten Namen. Er war ein Isaurier und unter Philippus Arabs geboren, und fast alle seine Vorfahren waren Räuber gewesen. Sein Vater war auf einem Beutezug in Lykien umgekommen, sein Großvater und zwei Oheime am selben Tage am Galgen gestorben. Sein ursprünglicher Name ist unbekannt; von seinem zwanzigsten Jahre an nannte er sich Lydius und machte sich unter diesem Namen in jenen Ländern berühmt.

Lydius war von Natur ein kluger und besonnener Mensch, kühn, doch maßvoll in seinen Unternehmungen. Er wußte die Menschen zu benutzen und ihre Liebe oder Furcht seinen Absichten dienstbar zu machen. So klomm er rasch von Erfolg zu Erfolg und kostete schon als Jüngling Ruhm und Macht, ohne dessen müde oder gesättigt zu werden. Erst in der Zeit nach seinem dreißigsten Jahre, als ihm immer kühnere Handstreiche wie Wunder glückten, begann ihn der Rausch und Übermut der Unbesiegbaren zu erfassen, so daß er die von den Göttern gesetzten Grenzen überschritt und endlich jäh zu Falle kam.

Bei einem Zuge durch Kilikien, den Lydius mit seiner zahlreichen Schar unternahm, stieß einst ein ionischer Grieche namens Hephaistion zu ihm, der bisher den kilikischen Seeräubern Dienste getan hatte, nun aber es vorzog, dieser berühmten Schar zu folgen. Von da an vermochte Lydius immer größere Dinge zu unternehmen, die ihm alle gelangen, denn dieser Hephaistion war ein listenreicher, geschickter Mensch voller Anschläge und Erfindungen. Er sprach wohl fünf Sprachen, konnte Karten zeichnen und Spionage treiben, verstand Kriegs- und Belagerungskünste, namentlich aber zeichnete er sich als Scharfschütze und Maschinenbauer aus. Er stellte sinnreiche Wurfmaschinen her, mit deren Hilfe er, sei es mit Pfeilen oder Steingeschossen, seinen Mann auf große Entfernungen sicher traf, und im Fernkampf verstand er, sich jedes Gelände listig zunutze zu machen, auch mußte er bei Belagerungen die Erdarbeiten an Schanzen und Gräben leiten.

Lydius wußte wohl, was er an diesem Manne besaß. Er erwies ihm Ehre und Freundlichkeit, gönnte ihm doppelten Beuteanteil und die nächste Stelle nach ihm selbst. Anfangs hatte er ihn nicht ohne Mißtrauen und Eifersucht betrachtet, da er fürchtete, es möchte ihm in diesem griechischen Tausendkünstler ein gefährlicher Nebenbuhler erwachsen, der ihn am Ende eines Tages stürzen könnte. Doch sah er bald, daß Hephaistion ihm selbst zwar in manchen Künsten und Gaben überlegen, dennoch aber nicht zum Herrschen geboren sei. Und wirklich hätte jener, trotz seines Geistes, nicht zum Anführer getaugt; dazu fehlte ihm der beherrschende Blick, die mächtige Gebärde und der Todesmut, ohne welche niemand auch nur die kleinste Schar Männer in Gehorsam und Abhängigkeit zu halten vermöchte. Darum ließ er sein Mißtrauen fahren, und auch der Grieche war es ganz zufrieden, sein Ratgeber und oberster Untertan zu sein, statt selber nach der Herrschaft zu streben.

Lange Zeit hielt sich die Schar, mehrere hundert Mann stark, in der kleinen Provinz Pisidien, einem Teile von Pamphilien, auf. Die Bauern wurden um Vieh und Korn, Obst und Wein, die Städter und Kaufleute um Geld und Waren gebracht, und niemand wagte, sich dem mächtigen Hauptmann zu widersetzen. Es liefen Klagen und flehentliche Bitten um Beistand beim Statthalter der Provinz und auch in Rom bei Kaiser und Senat ein, und je und je ward eine Abteilung Soldaten gegen die Räuber geschickt, doch wurden sie entweder geschlagen oder mußten unverichteter Dinge wieder abziehen, da die Räuber vor der Übermacht in das unwegsame, zerklüftete Gebirge des Taurus verschwanden.
So entstand in Lydius allmählich ein unbändiger Stolz und die Meinung, er könne es im Notfalle wohl auch mit dem römischen Reich und Kaiser aufnehmen, deren Macht sich gegen ihn so oft hilflos erwiesen hatte. Er forderte nun auch die Staatsgewalt unerschrocken heraus, schonte Soldaten und Beamte nicht und ließ gelegentlich hören, er gedenke die ganze Provinz dem Reiche streitig und zu seinem Eigentum zu machen. Es fehlte auch in der Tat daran nicht viel, denn Lydius brandschatzte ganze Dörfer und Weiler, nahm an sich, was er nur wollte, und hatte nicht nur Hunderte von streitbaren und geübten Kriegern zu seiner Verfügung, sondern auch überall Späher und Hehler, Spione und heimliche Verbündete.
Indessen war in Rom auf eine schwächliche Regierung der tapfere und rechtliche Kaiser Probus gefolgt. Die immer wiederholten Beschwerden und Notrufe aus jenem übel berüchtigten Winkel Kleinasiens veranlaßten ihn bald, strenge Befehle zu erlassen und den dortigen

Statthaltern einen regelrechten Krieg gegen die Banditen anzubefehlen. Das bekam Lydius bald zu spüren, und nun schien ihm die Zeit gekommen, seine Macht zu zeigen und dem römischen Reiche offen Hohn zu sprechen. Da er überall von streifenden römischen Truppen verfolgt und belästigt wurde, beschloß er, in offener Empörung Trotz zu bieten und einen großen Gewaltstreich zu wagen.

Auf einen steilen Felsenhang des Taurus gebaut, lag in Pisidien die Stadt Kremna, von Natur und durch Kunst uneinnehmbar, denn sie war auf drei Seiten hart an den schwindelnden Abgrund gebaut und auf der vierten durch eine gewaltige Mauer befestigt. Diese Stadt beschloß Lydius zu nehmen und von da aus aller Welt zu trotzen. Er besprach sich mit Hephaistion und einigen bevorzugten Genossen, die seine verwegenen Absichten billigten, und führte den tollkühnen Plan schon nach einer Woche wirklich aus.

An einem Morgen im April erschienen am Stadttor von Kremna zehn Männer, welche unsichtbar die steile Bergstraße heraufgekommen waren. Sie besetzten das Tor geräuschlos und ohne ernstlichen Widerstand zu finden, steckten eine rote Fahne auf und ließen die beiden zu Tode erschrockenen Wächter lachend laufen. Kurz darauf kam die ganze Schar des Lydius den Berg heraufgezogen. Der Anführer ritt auf einem Maultier voraus, ein schöner brauner Mann mit schwarzen, bösen Augen. Er schwieg und winkte seinen Leuten, von denen manche sangen und scherzten, daß sie stille seien. Aufmerksam betrachtete er den Weg und die kühn am Absturz hängende Bergstadt. Er wußte wohl, daß er seinem größten Abenteuer entgegenritt und daß er aus diesen Mauern nur als gekrönter Sieger oder tot wieder hervorkommen werde. Nachdenklich schaute er zur hohen Mauerzinne empor, vielleicht die Wende seines Glückes im Herzen ahnend, doch kühl und fest, denn Furcht war ihm fremd. Heimlich stach ihn der Stolz, daß er, der vaterlose Abenteurer, als Herr in eine befestigte römische Stadt einritt.

Hinter ihm folgte zu Fuß in guter Ordnung seine Mannschaft, etwa hundert Bewaffnete, eine Auswahl der besten aus seiner Bande, und zuletzt ein Troß von Wagen mit Gut und Getreide samt einer Herde geraubten Viehs. Den Zug beschloß Hephaistion, auf einem kleinen grauen Bergrößlein sitzend, außer dem Anführer der einzige Berittene, ein kleiner stiller Mann mit einem anscheinend gewöhnlichen und harmlosen Gesicht, in dem aber hinter feinen Falten hundert Listen sich verbargen.

Der Einzug vollzog sich ruhig und geordnet. Die Städter sahen verwundert und beunruhigt zu, an Widerstand dachte niemand, und müßige Herumtreiber, die im Schatten an der Westseite der Gassen standen oder kauerten, riefen den Bewaffneten Scherzworte zu, die munter erwidert wurden.

Aus einem kleinen Hause, in dessen Erdgeschoß ein Holzschnitzer seine Werkstatt hatte, trat, als eben der Zug vorüber war, ein großes Mädchen mit einem Kruge auf dem Kopf, das schaute den Männern aus großen Augen erstaunt nach. Hephaistion, der zuhinterst ritt, sah ihr einige Augenblicke in die verwunderten braunen Augen, fand ein großes Gefallen an dem schönen Mädchen, nickte ihr freundlich lächelnd zu und summte den Schlußvers eines alten ionischen Liebesliedes vor sich hin.

Lydius besetzte unterdessen das Stadthaus und ließ sich durch Läufer als Herrn der Stadt Kremna ausrufen. Da seine Leute gute Zucht hielten und weder Eigentum noch Freiheit der Einwohner gefährdeten, hatte niemand etwas wider den Eroberer einzuwenden. Es sprach sich herum, er sei der berühmte Lydius, und viele freuten sich, den merkwürdigen, gefürchteten Helden einmal mit Augen zu sehen. Er achtete dessen nicht, hieß seine Leute bei den Bürgern Quartier nehmen und zog sich, nachdem er Wachen ausgestellt hatte, bald zurück. Die Stadt wurde nun laut und lustig, die meisten Soldaten fanden freundliche und bereitwillige Quartiergeber, Gesang ertönte in allen Gassen. Hephaistion aber hatte im Hause jenes Holzschnitzers Wohnung genommen und sich bei den armen Leuten durch ein paar Silbermünzen beliebt gemacht. Danach begab er sich ohne Eile und vergnügt zu seinem Anführer und brachte den Nachmittag mit diesem über Plänen und Beratungen hin. Abends traktierte er seine Wirtsleute mit Wein und Fleisch, schlug die Leier und sang lustige Lieder, erzählte von fremden Ländern und hatte zu seinen Füßen das große, braunäugige Mädchen, dessen Kopf in seinem Schoße ruhte, während er mit ihren langen dunklen Haaren spielte. Sie hieß Phoebe und folgte ihm zwar nicht in seine Kammer, versprach es ihm aber auf morgen, wobei er es bewenden ließ.
Tags darauf erhielt Lydius Nachricht, daß ein römisches Heer gegen ihn aufgeboten und im Anzuge sei, wie er es erwartet hatte. Nun ließ er seine gesamte Mannschaft auf dem Marktplatz den Kriegseid schwören und begann ungesäumt, die erschrockene Stadt zur Belagerung vorzubereiten. Zweihundert Bürger samt

ihren Familien mußten noch am selben Tage die Stadt verlassen, wobei ihnen gestattet war, ihre bewegliche Habe, jedoch nichts Eßbares mitzunehmen. Es entstand Wehklagen und Entsetzen in allen Häusern, aber keiner wagte sich zu widersetzen, und am Abend waren die Verbannten fort. Tags drauf wurden hundert andere verjagt, und viele weitere flohen aus Todesangst.
Eine Woche später sah man aus dem ebenen Lande her das römische Heer aufziehen, und zugleich kehrten jene vertriebenen Bürger zurück, begleitet von einem Gesandten des Statthalters, der ihre Wiederaufnahme forderte und den Lydius ermahnte, die Stadt zu verlassen. Schweigend zogen die Bürger durch das geöffnete Tor hinein, der Gesandte aber blieb ohne Antwort.
Am nächsten Morgen war Kremna von einem großen Kriegsheer umzingelt und in Belagerung gehalten. Lydius zeigte fröhliche Mienen, sein Plan stand nun fest, und er war entschlossen, eher selbst samt der ganzen Stadt unterzugehen, als nachzugeben. Er begann damit, daß er die gestern zurückgekehrten Verwiesenen von der sichtbarsten und höchsten Stelle der Felsenhöhe hinabstürzen ließ. Drohungen und Flüche schallten aus der Tiefe herauf, die Verurteilten heulten und wehrten sich mit Händen und Zähnen, einige sprangen auch freiwillig in den Abgrund, und in der Stadt verbreitete sich Schweigen und Entsetzen. Jedermann fühlte, welch verzweifeltes Unternehmen im Gange sei, und jedermann zitterte für sein Leben. Wer konnte, entfloh noch jetzt auf Schleichwegen, die Dableibenden zogen sich angstvoll in Häuser und Keller zurück. Von diesem Tage an gab es in der Stadt kein Eigentum mehr, und alle Lebensmittel wurden von Lydius in Beschlag ge-

nommen. Er selbst ging hin und wider, befahl und tadelte oder lobte. Die Mannschaft bekam schwere Arbeit. Lydius ließ nämlich einen Teil der Häuser niederreißen, den Boden umgraben und düngen und Korn darauf säen.

Die wenigen in der Stadt verbliebenen Einwohner, kaum ein Drittel der früheren Bürgerschaft, gerieten bald in die äußerste Not. Denn alles Vieh, alle Vorräte an Getreide, Mehl, Wein, Obst und anderen Nahrungsmitteln waren von Lydius gesammelt und in Magazinen verwahrt worden. Eine tägliche Ration an Fleisch, Brot und Wein ward gleichmäßig und ohne Ansehen der Person verteilt, jedoch nur an solche, die täglich eine bestimmte Zahl von Stunden an den Bau- und Erdarbeiten teilnahmen. Die anderen waren dem Hunger und dem Mitleid der Bande überlassen, das zumeist nur den Weibern zugute kam.

Hephaistion hatte seinem Hauswirte, dem Holzschnitzer, und dessen Frau zur Flucht verholfen und sie mit einigem Gelde versehen, die Tochter aber hatte er bei sich behalten, und nun lebte er mit ihr, die zugleich seine Magd und Geliebte war. Doch vergaß er über ihr seinen Dienst nicht, sondern war fleißig mit Kartenzeichnen, Pläneschmieden und Beobachtung des Feindes beschäftigt. Zuweilen, wenn einer vom römischen Heere sich unten zu weit vorwagte, richtete Hephaistion sein Geschütz auf ihn und schoß ihn weg. Von den Belagerern reichten nur vereinzelte Schüsse und Steinwürfe bis in die hohe Stadt, sie gaben sich auch wenig Mühe damit und waren entschlossen, die Räuber auszuhungern. Darum tat Lydius mit Hephaistions Hilfe alles, um eine künftige Hungersnot zu vermeiden. Fleisch wurde eingesalzen und geräuchert, alles Korn und Mehl sicher verwahrt, jeder leere Platz angesät, und schließlich kam Hephaistion auf den Gedanken, einen unterirdischen Gang nach dem freien Felde herzustellen. Man begann sofort damit, manche natürliche Höhle und Kluft kam der kühnen Absicht entgegen, und in wenig mehr als einem Monate war der Gang fertig.

Inzwischen war die Bürgerschaft stark zusammengeschmolzen. Vor dem Beginn der Grabarbeiten hatte Lydius einen ganzen Tag das Tor freigegeben, und es hatten Scharen von unnützen Essern die Stadt verlassen. Seither durfte niemand, damit der Gang nicht verraten würde, die Stadt verlassen. Dafür wurde jeder, der keiner schweren Arbeit fähig war und über Hunger klagte, kurzerhand über die Mauer hinabgestürzt, und unten im Geklüfte hatten Geier, Habichte und Füchse gute Tage.

Der unterirdische Gang ward also unter Hephaistions Leitung fertig und führte bis zu einem kleinen Bachtal, das jenseits des Römerlagers lag. Am Tage, da der Gang zum erstenmal benützt werden konnte, hatte Lydius den Griechen öffentlich umarmt und mit einer goldenen Halskette beschenkt. Nun hob in der abgesperrten Stadt ein vergnügtes Leben an. Durch den Gang ward jeden vierten oder fünften Tag geraubtes und gekauftes Vieh, Korn, Brot und anderer Vorrat reichlich zugeführt, auch Wein gab es nun genug, und die Belagerten ruhten von der schweren Erdarbeit bei doppelten Rationen aus. Man hörte Flötenspiel, Würfelklappern und Gesang, die Mädchen mußten tanzen, und Lydius selbst veranstaltete auf dem Marktplatz ein Gelage, dem er mit bekränztem Haupt beiwohnte. So ging es bis in den Sommer, und die Römer lagerten mißmutig und ermüdet vor der fröhlichen Räuberstadt. Zuweilen versuchten sie, auf halsbrechenden Kletterwegen die Stadt in nächtlichen Überfällen an sich zu bekommen. Aber Lydius hielt scharfe Wache. Wo irgend im braunen Geklüfte ein Kopf sich zeigte oder ein Schritt erklang, da schlug im selben Augenblick ein Hagel von Pfeilen und Steingeschossen ein.

Im Sommer geschah es an einem Abend, daß eine Frau im Felde ihre Kuh suchen wollte, die sich verlaufen hatte. In einem kleinen Tale zwischen Weidengebüsch und Felsen ging sie suchend und lockend hin und wider, da hörte sie Stimmen, erschrak und verbarg sich im Gestein. Und sie hörte und sah, wie aus dem Boden Männer stiegen und talaufwärts gegen die Berge hin verschwanden. In der Hoffnung auf einen guten Botenlohn lief das Weib sofort zum römischen Feldherrn, meldete ihm die Sache und erhielt denn auch ein Goldstück mit dem Bildnis des vorigen Kaisers geschenkt. Der Feldherr aber legte sich ohne Verzug mit hundert Mann in den Hinterhalt, und als die Räuber mit ihren Vorräten zurückkamen, wurden sie überfallen und alle festgenommen. Der Gang aber wurde verrammelt und beständig mit einer starken Wache besetzt.

Mit diesem Tage hatte das sorglose Leben in Kremna ein Ende. Wein wurde den Leuten nicht mehr gereicht, die Rationen an Mehl und Fleisch setzte Lydius auf die Hälfte herab. Ihm war klar, daß seine einzige Aussicht jetzt noch darin bestand, unbesiegt und trotzig zu sterben.

Tag und Nacht ging Lydius umher und sann, wie er

die Stadt am längsten halten könnte. Sein Gesicht wurde dunkel wie eine Wolke. Mit dem Schwert in der Hand trat er in die Häuser, und wo er jemanden fand, der ihm entbehrlich schien, stieß er ihn nieder. Es blieben nur die zur Wache nötigen Leute verschont sowie einige Weiber, die die Räuber gemeinsam besaßen. Einzig Hephaistion, der sich unentbehrlich wußte und sein Mädchen wohlverborgen hielt, blieb guter Laune und sah dem Unwetter gleichmütig zu. Die anderen wurden von Entsetzen erfaßt, da keiner mehr sich seines Lebens sicher sah und die Rationen täglich magerer wurden. Lydius schlief nicht mehr und trug zu allen Stunden des Tages und der Nacht die blanke Waffe in der Hand. Tagelang herrschte eine dumpfe, tote Ruhe, bis er wieder, mit immer dunklerem Angesicht, seine Wohnung wie ein Raubtier verließ und irgendwo eine einsame Wache, die er nicht mehr für notwendig hielt, mit dem Schwert erschlug oder über die Mauer stürzte.

Manche von seinen Leuten waren entschlossen, ihn umzubringen. Doch es wich vor seinem glühenden Blick ein jeder zurück, und alle diese groben Männer fühlten mit Grauen, daß dieser Mann vom Dämon ergriffen dahinging, ein furchtbares Schicksal zu erfüllen. Hephaistion und einige treue Unterbefehlshaber halfen ihm das Magazin bewachen und folgten ihm schweigend von ferne, wenn er seine grausigen Gänge unternahm, um wieder einen oder zwei von seinen Leuten mit eigener Hand zu schlachten. Es entstand die Sage, er nähre sich vom Blut dieser Opfer, das er rauchend trinke.

Bald machte ihn sein tödlicher Wahnsinn auch gegen die bewährten und getreuesten Anhänger mißtrauisch.

So umschlich er in einer Nacht das Häuschen, in dem Hephaistion wohnte, und erlauschte dessen Zusammensein mit Phoebe.
Tags darauf rief er den Griechen zu sich und sagte: »Du hast ein Mädchen bei dir verborgen. Die bringst du mir heute abend, wenn es dunkel wird.«
Hephaistion erschrak. Er war nicht willens, sein Täubchen herzugeben, und da er sie doch nicht behalten konnte, stieß er dem Mädchen am Abend einen Dolch ins Herz, schlug einen Teppich um die Tote und ließ sie von zwei Männern in die Wohnung des Lydius tragen.
Anderen Tages stand Hephaistion bei seiner Schießmaschine auf der Festungsmauer und beobachtete den Feind. Da trat Lydius zu ihm, lächelte und sagte: »Danke für das hübsche Mädchen. Nun könntest du mir noch einen Gefallen tun. Richte deine Maschine auf den Posten dort am oberen Torturm und schieße mir den Mann herunter. Ich brauche diese Wache nimmer.«
Der Grieche, der noch das Blut seines Mädchens an seinen Händen fühlte, sah den Lydius scharf an und weigerte sich.
»Schieß doch selber!« sagte er. »Ich habe keinen Pfeil für meine Kameraden.«
Da rief Lydius drei Leute her, die stets in seiner Nähe und ihm wie Hunde ergeben waren, die mußten den Hephaistion festnehmen, nackt ausziehen und mit Ruten streichen. Danach ging er weg und schien sich nicht mehr um ihn zu kümmern.
Der Schießmeister aber wußte wohl, daß sein Leben nun verloren sei. Er verbarg sich in einer Zisterne, wartete die Nacht ab und sprang alsdann, mit einem über zwei Bogenhölzer gespannten Leintuche als Fallschirm

versehen, über die Mauer ins Ungewisse hinab. Es gelang, und er kam lebend im römischen Lager an, wo er sich zum Feldherrn führen ließ. Diesem entdeckte er sich, erbat Straflosigkeit und versprach dafür, den Lydius zu Falle zu bringen.

Dies gelang ihm auch schon nach wenigen Tagen. Hephaistion hatte sich mit Hilfe der römischen Ingenieure eine Wurfmaschine gebaut, mit welcher er Geschosse bis zur Höhe der Stadtmauern emporschleudern konnte. Nun kannte er den Platz, an dem Lydius hinter einer Mauerlücke zu stehen und den Feind zu beobachten pflegte, genau, und als er ihn wieder dort vermuten konnte, schoß er einen eisernen Pfeil dahin.

Damit war die Belagerung von Kremna beendet. Der Pfeilschuß traf den Lydius ins Auge und verwundete ihn tödlich. Doch hielt er sich noch einen ganzen Tag gewaltsam aufrecht, tötete noch zwei von seinen Leuten und ließ, als er den Tod unaufhaltsam nahen fühlte, seine ganze Mannschaft einen furchtbaren Eid schwören, daß sie nach seinem Hingang die Stadt nicht übergeben, sondern bis zum letzten Blutstropfen verteidigen wollten.

Als er aber starb und sein gefürchteter Blick aus dem dunklen Angesicht verleuchtet war, erwachte die Mannschaft wie aus einer rätselhaften Bezauberung, spie den Toten an, schmähte und entehrte ihn und ergab sich den Belagerern auf Gnade und Ungnade.

(1909)

Daniel und das Kind

Vor Zeiten lebte in Ägyptenland, zur Zeit, da dasselbe mit vielen Heiligen gesegnet war, auch ein frommer Vater namens Daniel, der als Einsiedler in der Öde hauste und dessen Fürbitte für so kräftig galt, daß sie von vielen begehrt wurde.
Dieser Vater Daniel begab sich nun eines Tages auf den Weg nach der Stadt, um einige von ihm in seiner Wüstenei geflochtene Körbe und Matten zu verkaufen und dafür Lebensmittel und neue Geräte einzuhandeln. Bedachtsam schritt er den heißen Pfad, und sein Gewand und Haar wurden vom Staube bedeckt, seine Seele aber freute sich und war unerschüttert in der Gnade. Schon sah er auch die Mauern der Stadt Terenuthis nahe ragen, da rückte er die Last auf seinen Schultern zurecht, lobte Gott und stieg rüstig gegen das geöffnete Tor hinan, trat hindurch und fühlte aus der engen, steinernen Gasse Kühlung sich entgegenwehen.
In diesem Augenblick hörte er neben sich aus dem Fenster eines kleinen Hauses rufen: »Heiliger Mann, lieber Vater, komm doch zu mir herein!« Er folgte aber der Stimme nicht, da es nicht selten geschehen war, daß Buben oder schlechte Weiber sich mit solchen aus der Wüste zugewanderten Eremiten auf unfeine Weise einen Spaß zu machen suchten. So ging er denn unbewegt seines Weges und bog eben schon in die Gasse der Lederhändler, die nach dem Marktplatz führt, als er sich von hinten am Gewand festgehalten fühlte. Notgedrungen wendete er sich um, in Demut darauf gefaßt, sich gegen irgendeinen Zudringlichen und Spötter verantworten

zu müssen. Allein statt dessen sah er hinter sich einen freundlich aussehenden, noch nicht alten Mann in guter Kleidung stehen, der sich vor ihm verneigte, sich auf die Knie niederließ und sein Gewand andächtig mit den Lippen berührte.

»Was begehrst du«, fragte Vater Daniel milde, »oder was ist es für eine Not, die dich zu mir armem Menschen treibt?«

»O Herr«, rief der Mann, indem er auf seinen Knien liegen blieb, »seid Ihr nicht der fromme Abbas Daniel? Viel habe ich von Euch und Eurer Tugend erzählen hören, und wenn Einer es ist, der mir helfen könnte, so seid Ihr es, lieber Vater. Seht, ich bin ein Handelsmann und treibe meine Geschäfte mit Glück, und was ich tue oder unternehme, steht unter Gottes sichtbarem Segen, so daß ich allen Grund hätte, mich einen glücklichen und wohlzufriedenen Mann zu nennen. Aber dennoch seht Ihr mich so unglücklich, daß ich im Staub der Straße knie und Euch anflehe, mir in meiner Not zu helfen, wie ich glaube und vertraue, daß Ihr es könnt. Ich bin nämlich nun schon im fünften Jahre verheiratet, ohne daß es Gott gefallen hätte, mir ein einziges Kind zu schenken, und unerträglich erscheint mir der Gedanke, daß nach meinem Tode mein Name erlöschen und mein ganzes Gut an Fremde fallen könnte. Darum, lieber Vater, tut mir die Liebe und kommt mit mir in mein Haus, segnet mein Weib und tut einen Spruch über sie, daß ihre Unfruchtbarkeit weiche und uns beiden endlich ein Erbe beschert werde.«

»Steht auf«, sagte Vater Daniel zu dem Bittenden, »steht auf und kehrt zu Eurer Arbeit zurück; ich aber, wenn ich an meinen Ort zurückgekehrt sein werde, will

gerne ein Gebet für Euch tun. Geht mit Gott, lieber Bruder.«
Aber der Bittsteller ließ ihn so leichten Kaufes nicht entrinnen. Indem Tränen seine Augen füllten, griff er von neuem nach dem Gewande des Frommen, umschlang seine Knie und bat ihn flehentlich, der liebe Vater möge doch nur einen Augenblick in sein Haus treten und wenigstens einige Worte mit seiner Frau reden, damit er doch wisse, für wen er bete.
Der Heilige lächelte endlich und gab nach, wiewohl ungerne, hieß den Handelsmann aufstehen und vorangehen und folgte ihm die wenigen Schritte bis zu seinem Hause. Hier legte er seine Last neben der Türe nieder und ward von dem Städter durch den Flur und den kleinen Hof ins Innere des Hauses geführt, wo alles auf einen bescheidenen Wohlstand deutete. Die Einladung zu einem Imbiß und Glase Wein, welche der Mann höflich an ihn richtete, schlug Daniel mit Entschiedenheit aus und begehrte ohne Verzug zu der Frau geführt zu werden, da er bei dem weiten Wege nach seinem Wüstenorte mehrere Stunden zu gehen habe und die Nacht niemandes Freund sei.
Den wahren Grund freilich, weshalb er die Einladung ausschlug und warum er so ungerne in das Haus gekommen war, verschwieg der fromme Mann teils aus Schamhaftigkeit, teils aus andern Bedenken. Ihm graute nämlich davor, mit Frauen zu tun zu haben, und es war seine Furcht vor dem andern Geschlechte, dessen Anziehung immer widerstehen zu können er nicht die Kraft fühlte, auch der Grund gewesen, der ihn einst getrieben hatte, seinen Wohnort in der Einöde zu suchen. Sooft er nun in irgendeiner Sache mit Weibern zu tun

bekam, fühlte er sich sofort in Gefahr und schon halb unterlegen, und wünschte denn auch hier so eilig wie möglich wieder von hinnen zu kommen.
Der Geschäftsmann öffnete eine Tür und ließ seinen Gast in die Kammer seiner Gemahlin treten, die auf dem Boden saß und damit beschäftigt war, goldene Schnüre auf ein schönes grünes Gewand zu nähen. Es war eine noch ganz junge, braunäugige Frau mit schwarzen Haaren und einem sehr kleinen, kinderhaften Munde, und als sie aufstand und den Büßer begrüßte, zeigte sie eine geschmeidige, feine Gestalt von edlem Wuchse und eine ungewollte natürliche Anmut der Bewegungen, welche den Vater aus der Wüste alsbald beglückte und bezauberte, ohne daß er sich dessen bewußt war. Denn ihn hatte gleich beim Eintritt in die Kammer jene Verlegenheit und trotzige Angst ergriffen, welche aller Umgang mit Frauen ihm einzuflößen pflegte, und während ohne sein Wissen das hübsche Wesen der jungen Frau ihm im Auge und im Herzen wohltat, zog er die Stirn in schwere Falten und redete mit dem schönen Geschöpf nicht viel anders, als wäre sie ein Abgesandter der Hölle gewesen.
»Also Ihr habt keine Kinder?« fragte er barsch, mit einer vor Trotz und heimlicher Feigheit trockenen Stimme.
»So ist es, lieber Vater«, gab die Frau Antwort, »und wir wissen nicht, womit wir diese Strafe des Himmels sollten verdient haben. Darum wären wir Euch unaussprechlich dankbar, wenn Ihr uns zu helfen wüßtet.«
»Kniet nieder«, sprach der Heilige eilig, »ich will mit Euch beten.«
Sie kniete alsbald nieder und er kniete neben sie; der

Gatte wollte ehrerbietig hinausgehen, doch bedeutete ihm der gute Vater mit heftigen Gebärden, er möge dableiben; so kniete auch er zu den beiden, und der Vater Daniel sprach ein kurzes Gebet über die junge Frau, erhob sich darauf schleunig und wollte gehen, als die Dame ihn leise anrief und mit klagender Stimme sagte: »Wollt Ihr mir nicht Euren Segen gönnen, frommer Vater? Segnet mich, ich bitte Euch, und legt mir die Hände auf, damit Ihr mich und unser Gebet dem Herrn empfehlt!«

Der Vater Daniel konnte dies unmöglich abschlagen, und so sah er die Frau abermals niederknien, und als er seine rauhe Hand auf ihr Haupt legte, um sie zu segnen, schmiegte sie ihren Kopf vertrauend da hinein, und er fühlte mit wunderlicher Bewegung und Zuneigung das weiche, dichte Haar, das ihm erstaunlich zart und seidenfädig erschien und desgleichen er noch nie meinte in seinen Fingern gefühlt zu haben.

Dankbar stand die Frau nun auf, gab dem Vater die Hand und lud ihn ein, er möge doch zu einem Imbiß dableiben, und wenig fehlte, so hätte er jetzt der Bitte Folge geleistet. Doch ermannte er sich, nahm eiligen Abschied und zog so verwirrt von dannen, daß er seine beim Eingang des Hauses niedergelegten Waren vergaß, die der Hausherr ihm rufend nachschleppte.

»Wie gut ist es doch«, dachte Vater Daniel, als er am Abend wieder geborgen und müde in seiner Rohrhütte am Fuße des Felsens saß, »wie gut ist es doch, daß ich diese stille Zuflucht und weltferne Hütte habe! Da schon die Berührung meiner Hand mit dem weichen Haar einer jungen Frau mich so zu erregen vermag, wie

sollte ich untadelig bleiben können, wenn ich inmitten der Welt leben müßte!«
Vor der Erinnerung jedoch und vor den Träumen schützt nicht Entfernung noch Rohrhütte, und es entstand zwischen der ahnungslosen Städterin und dem einsamen Büßer im rauhen Gefilde ein sonderbares Verhältnis, indem der Vater Daniel sich ohne Unterlaß wider das Bild der hübschen Frau wehren mußte, das hartnäckig um ihn weilte und alsbald lockend hervortrat, sobald Müdigkeit oder Schlummer sein wachsames Gewissen lähmte.
Als nach einigen Wochen die Zeit gekommen war, da er wieder seine kleinen Geschäfte in der Stadt zu besorgen hatte, war der Büßer dieses Kampfes mit einem Bilde der Erinnerung so müde, daß er als ein tapferer Mann beschloß, lieber geradewegs in des Löwen Höhle zu gehen und sich der leibhaftigen Wirklichkeit zu erwehren, als noch länger der Narr seiner Träume zu sein. Er wollte die Frau wiedersehen und hoffte, beim Anblick der Wirklichkeit des Traumbildes ledig zu werden. So machte er sich auf seinen Weg, wieder mit dem Ertrag seiner Handarbeit beladen, und stieg eines Mittags nach langer Wanderung wieder den Weg zur Stadt empor.
Diesesmal machte er gleich bei dem Häuschen in der Nähe des Tores halt, trat hinein und tappte, aus dem Sonnenbrande kommend, mit versagenden Augen durch den finsteren Gang gegen den Hof. Da hörte er, und es klang ihm wie ein holder Heimatgruß entgegen, von einer mädchenhaften leichten Stimme ein altes frommes Liedlein singen, das er selber einst als Knabe von der Mutter gelernt und in seinen fernen Kinderzeiten oft gesungen hatte, und als er hinzutrat und in

den schattigen Hof hineinblickte, sah er die junge Frau auf einer farbigen Strohmatte sitzen, eine Schüssel Linsen verlesen und dazu singen. Der schöne Anblick ging ihm ins Herz, und er schämte sich tief, daß er dieser selben frommen Frau, die hier wie ein Kind im Schatten kauerte und das Lieblingslied seiner eigenen Kindheit sang, in bösen Träumen mit unedler Begehrlichkeit hatte gedenken können.

Grüßend fand er sich zu ihr, segnete sie, die ihn alsbald erkannt und mit Ehrfurcht begrüßt hatte, und fragte nach dem Ergehen des Hauses. Er erfuhr, der Mann sei auf einer Geschäftsreise im Süden, sie aber stehe unter dem Schutz eines alten Freigelassenen, sehne sich zwar ein wenig nach dem fernen Gemahl, habe sonst aber gute Tage. Im Anhören ihres harmlosen Geplauders verlor der Wüstenmann viel von seiner argen Befangenheit, atmete erleichtert auf und begann nun selber zu reden, indem er des Liedes erwähnte, und da sie weiter fragte, ihr von seiner Heimat und Jugend zu erzählen begann. Dankbar und befreit überließ er sich dem Wohlgefühl einer wunschlosen Geselligkeit, die er seit manchen Jahren nicht gekostet, und neben der jugendlichen Frau ging in ihm ein verschütteter Quell eingeborener Kindlichkeit leise wieder auf, hob die Schatten von seiner Seele und schuf ihm eine Stunde wohliger Ruhe, wie sie sonst den Asketen kaum zuteil wird.

Mit dem Versprechen, sie bei seinem nächsten Besuche in der Stadt nicht zu vergessen, schied er von ihr, tat seine Geschäfte ab und kehrte nach seinem wüsten Orte zurück mit einer glücklichen Friedlichkeit im Herzen. Wenn er nun der Städterin wieder gedachte, so dachte

er ihrer als einer Schwester, ohne Begehren und quälende Vorstellungen; er schloß sie und ihren Mann in seine Gebete ein und fühlte sein einsames und unfruchtbares Leben in einen Kreis freundschaftlicher und gütiger Beziehungen einbezogen.
Von dieser Zeit an kehrte der Heilige mehrmals in dem Kaufmannshause ein. Er fand nach einiger Zeit den Hausherrn zufrieden von seiner Reise heimgekehrt, er aß mehrmals bei seinen neuen Freunden, und als Monate vergangen waren, nahm ihn einmal der Mann beiseite, drückte ihm die Hand und sagte: »Es ist zwischen mir und meiner Frau ein Geheimnis, und Ihr habt das gute Recht, der erste zu sein, der es erfährt. Meine Frau fühlt sich guter Hoffnung, das danken wir Gottes Güte und Eurem Gebete, lieber Vater.«
Daniel, welcher selbst ein geringeres Vertrauen in sein Gebet gehegt hatte, war glücklich und vernahm mit Rührung, daß man das Kind, wenn es ein Sohn sein sollte, auf seinen Namen zu taufen gesonnen sei.
Als Daniel jedoch nach einer längeren Pause (denn er war krank gewesen) sich wieder bei den Leuten einfand, siehe da entlief die verweint aussehende Frau bei seinem Anblick aus dem Zimmer; der Mann behandelte ihn rauh und beinahe feindselig; der alte Freigelassene verfolgte ihn mit bösen Blicken. Bestürzt und gekränkt forderte Vater Daniel, sobald sie allein waren, von dem Kaufmann Rechenschaft. Der wollte zuerst nicht reden, erhitzte sich jedoch in seinem Trotze schnell und brach nun plötzlich zornig mit allem heraus, was er auf dem Herzen hatte. Nämlich er sei zum Gespött und Ärgernis seiner Verwandten und Nachbarn geworden, da unter diesen die feste Meinung bestehe, das erwartete Kind

sei die Frucht eines unerlaubten Umganges seiner Frau mit ihm, dem Büßer Daniel. Der Freigelassene habe ihn, Daniel, während des Mannes Abwesenheit mehrmals in das Haus kommen sehen; auch anderen sei diese Hausfreundschaft aufgefallen, und kurz, er wisse nicht, was er davon denken solle, wünsche aber, den verdächtigen Heiligen, den nur sein Name und Gewand vor seinem Zorn schütze, nie mehr mit Augen zu sehen.

Vergebens suchte der erschrockene Fromme sich zu rechtfertigen, vergebens ließ er den Freigelassenen rufen, der seine Vorwürfe kühn wiederholte. Beschämt und traurig verließ er das Haus und dachte nun, es wirklich nie mehr zu besuchen. Ja, er verzögerte seinen nächsten Gang zur Stadt so lange, bis die äußerste Not ihn trieb. Als er wieder kam, vernahm er durch Zufall, daß die Frau einen Sohn geboren habe, und daß am dritten Sonntag die Taufe stattfinden solle. Jetzt hatte er wieder schlimme Zeiten in seiner Schilfhütte. Bald erzürnte er sich und war beleidigt durch die ungeheuerliche Anklage, bald empfand er diese Schmach nur als gerechte und verdiente Strafe für jene Gedanken, mit welchen er einst eine Zeitlang der jungen Frau gedacht hatte.

Am Ende aber siegte doch in ihm das Gefühl seiner Unschuld und der Wunsch, es möge nicht auch noch die arme Frau und gar das unwissende Kindlein für immer unter diesem argen Verdachte zu leiden haben. So betete er Tag für Tag, es möge seine Unschuld sich erweisen, und fühlte sich in Bälde so befestigt und seiner Sache gewiß, daß er nach einer durchwachten Nacht in plötzlichem Entschlusse wie ein Traumwandler sich auf

den Weg nach der Stadt machte, das Haus des Händlers aufsuchte und unerschrocken eintrat, obwohl Eingang und Hof von unbekannten Menschen wimmelten.
Jedermann sah den Kommenden mit Erstaunen, Neugierde oder auch mit unverhohlenem Spotte an, er drang jedoch vor, ohne jemand anzusehen, fand Hof und Flur von Menschen erfüllt und erschien wie ein Gespenst in der Stube, wo er den Mann im Festgewande, die Frau aber ermüdet und blaß mit dem Knäblein im Schoße fand. Beide starrten ihm erschrocken entgegen, und eben wollte der Mann ihm barsch das Haus verbieten, als die Tür sich abermals öffnete und der Freigelassene eintrat, welcher demütig einen Presbyter einführte. Denn es war gerade der dritte Sonntag, und der Priester war soeben angekommen, um den Sohn zu taufen.
Da verneigte sich Vater Daniel vor dem Priester, richtete sich alsdann hoch auf, sah allen klar in die Augen und sprach: »Ihr Leute, und du, Priester des Herrn, ihr seid versammelt, um ein Kindlein zu taufen, auf dessen Geburt ein arger Verdacht noch ungehoben liegt. Ich bin ein Freund dieses Hauses gewesen und habe diese Frau mit meinen Händen gesegnet und für sie gebetet, daß Gott ihr einen Sohn möge schenken. Danach, als sie schwanger wurde, kamen böse Menschen und beluden diese arme Frau und mich mit einem Verdachte, den ich auszusprechen mich scheue. Nun aber stehe ich hier, ihr Leute, und bitte den allmächtigen Gott, er möge mein Richter sein. Und so frage ich dich, du Neugeborener, welcher von uns ist vor Gott und Menschen dein Vater?«
Siehe, da schlug der Knabe, welcher zweiundzwanzig

Tage alt war, seine Augen auf, lächelte, deutete auf den Handelsmann und sprach mit heller Stimme: »Dieser da ist mein Vater.«
Alsbald verbreitete sich die Kunde von dem Wunder durch das Haus und die Stadt. Der Knabe ward auf den Namen Daniel getauft, und der Vater Daniel ging noch manche Jahre in dem Hause als ein Freund und Helfer aus und ein. Er schaukelte das Kind auf den Knien, und als der Herr ihn zu sich in seine Seligkeit berief, da trug der Knabe um ihn nicht anders Trauer denn um einen wirklichen Vater.

(1911)

Die Verhaftung

Am 30. Juli 1672 war in seinem Schlupfwinkel, nahe der Place Maubert, der Herr von Sainte-Croix gestorben. Die Historiker, denen nichts heilig ist und die keinen Sinn für den Wert der Gebärde haben, obwohl ihre Wissenschaft sich eigentlich mit nichts anderem beschäftigt, die Historiker haben neuerdings nachgewiesen, daß er nach längerem Krankenlager in seinem Bette gestorben sei, wie andere Leute auch. Diese minderwertige Wahrheit, falls sie eine ist, wird aber bald wieder untergehen, und bleiben wird, wie billig, die schöne grausige Legende vom Tod des Giftmischers Sainte-Croix, der sich beim Herstellen seiner puderfeinen Gifte stets durch eine Glasmaske vor dem Einatmen der tödlichen Pulver schützte, dem aber eines Tages die Maske bei dieser heiklen Arbeit herunterfiel, so daß er alsbald tot in seinem schrecklichen Laboratorium niedersank. Bleibt man bei dieser bewährten Erzählung, so erklärt sich auch der merkwürdige Umstand, daß der Verbrecher alle seine Gifte und gefährlichen Papiere so achtlos liegen ließ. Kurz, ich halte mich an die Legende und nicht an die Gelehrten, die denn auch wirklich das im nachstehenden Erzählte neuerdings als Märchen diskreditiert haben.

Also am 30. Juli war der Giftmischer Sainte-Croix gestorben, der Liebhaber und Mordhelfer der schönen Frau von Brinvilliers, und diese Dame sah sich durch die gerichtliche Beschlagnahme seines Nachlasses, der ihre gesamten Briefe enthielt, bedenklich gefährdet. Kaum hatte sie gehört, daß die ihr wohlbekannte Kas-

sette ihres Liebhabers, in der er ihre Briefe aufbewahrte, in Händen des Gerichts sei, als sie sich jede erdenkliche Mühe gab, diese Kassette uneröffnet in ihren Besitz zu bekommen. Als das schlimme Kästchen am 22. August vom Gericht geöffnet werden sollte und Frau von Brinvilliers dazu eingeladen wurde, ließ sie sich durch ihren Sachverwalter vertreten, und als gleich darauf ein Spießgeselle ihres Liebsten festgenommen wurde, ergriff sie die Flucht und wandte sich nach England. Inzwischen lief ihr Prozeß den ganzen Herbst und Winter hindurch, und es wurde im März das Urteil verkündet, das jenen Spießgesellen zur Räderung, die Frau von Brinvilliers aber *in contumaciam* zum Tode durchs Beil verurteilte. Sie war des Giftmordes an ihrem Vater und ihren beiden Brüdern schuldig erkannt worden.
Da gleichzeitig ihre Güter eingezogen wurden und ihr Mann, der merkwürdig indolente Herr von Brinvilliers, sich jetzt ebensowenig um seine Frau bekümmerte, als er es während ihrer Liebschaft mit Sainte-Croix getan hatte, geriet die verwöhnte Dame bald in betrübte Umstände und scheint sogar von ihrer Schwester – derselben Schwester, der sie jahrelang nach dem Leben getrachtet hatte – Unterstützung erfleht oder doch angenommen zu haben. Die Verurteilte lebte in London und wußte sich über den Stand ihrer Affäre stets auf dem laufenden zu halten.
Der König Ludwig XIV. nahm persönliches Interesse an dem Prozeß und bestand darauf, daß trotz aller Hindernisse die Gerechtigkeit ihren Lauf nehme. So wurde denn in London die Auslieferung der Verbrecherin mit Eifer betrieben, aber durch Formalitäten und kleine Mißverständnisse mehrmals verzögert, so daß

Madame noch immer frei umherging, während der König von England schon ihre Auslieferung an Frankreich versprochen hatte. Und als endlich die Schwierigkeiten überwunden und alle Bedingungen dieser Auslieferung erfüllt waren, war Frau von Brinvilliers aus London verschwunden.

Sie soll sich einige Zeit in der Pikardie und an verschiedenen holländischen Orten aufgehalten haben, soll in Valenciennes und in Cambrai gesehen worden sein und flüchtete schließlich nach Lüttich.

Hier fand die Flüchtlingin in einem Kloster gastliche Aufnahme und konnte glauben, an diesem Orte der Gefahr entronnen zu sein. In der Tat blieb sie hier sowohl von Spionen wie von beängstigenden Nachrichten unbehelligt und begann so sehr aufzuatmen, daß sie sich mit einem gewissen Theria in einen Liebeshandel einließ.

Merkwürdig ist nun die Tatsache, daß diese gewissenlose, wilde und egoistische Frau beständig ein Schriftstück mit sich führte, das sie ihre Beichte nannte und worin sie ihr ganzes Leben aufgezeichnet hatte, das von dem erstaunlich frühzeitigen Verlust ihrer Unschuld an eine tolle Kette von Ausschweifungen und Verbrechen jeder Art darstellte. Wir können uns das nicht wohl anders erklären als aus einer an Aberglauben grenzenden Furcht vor den ewigen Strafen, wie sie denn auch später von keinem noch so schmählichen Umstand ihrer Hinrichtung so sehr betroffen schien wie von der Versagung des Abendmahls. So hatte sie also, offenbar um in der letzten Not einmal eine vollständige Beichte tun zu können, dies furchtbare Verzeichnis ihrer Verbrechen und Laster hergestellt und hielt es beständig in ihrem Zimmer in einer besonderen Schatulle verwahrt.

Im übrigen vermochte ihr Mißgeschick die kühne Abenteurerin nicht allzu tief zu beugen. Sie machte sogar ihrem in Frankreich verbliebenem Manne ganz harmlos den Vorschlag, er möge wieder zu ihr ziehen, worauf jener freilich nicht einging. Einstweilen lebte sie unbehelligt als Gast in jenem Kloster und betrieb in Ermangelung größerer Unternehmungen ihren leichten Liebeshandel mit Theria, der sie jedoch nicht abhielt, auch anderen galanten Annäherungen zugänglich zu sein.
So erschien eines Tages im März ein französischer Abbé besuchsweise im Kloster, fragte nach der gnädigen Frau und wurde von ihr empfangen. Es war ein recht hübscher, noch junger Mann von guten Manieren, dessen pariserischer Tonfall Madame sofort anheimelte. Über den Zweck seines Besuches befragt, gab er die höflichste Antwort.
»Ich bin«, sagte er ehrerbietig, doch lächelnd, »auf einer größeren Reise begriffen, die mir den Besuch mancher Klöster zur Pflicht macht. Da erfuhr ich denn ganz zufällig und zu meiner größten Freude, daß Sie, gnädige Frau, hier Aufnahme gesucht und gefunden haben. Und so wollte ich denn die Gelegenheit, eine so berühmte und zur Zeit so sehr vom Unglück verfolgte Dame kennenzulernen und ihr vielleicht ein Trosteswort zu sagen, nicht ungenützt lassen. Man bedauert Ihr schweres Schicksal in Paris allgemein und ist verwundert, ja entrüstet, daß es Ihren Gegnern gelungen ist, unser Parlament so sehr wider Sie einzunehmen, daß Ihre Verurteilung möglich war. Desto mehr freuen wir uns aber, Sie hier in Sicherheit zu wissen, wo Sie ruhig die Zeit abwarten können, da Ihnen die Gerechtigkeit zuteil werden wird, die wir in dem Pariser Ur-

teilsspruch so sehr vermissen. Wie sehr Sie, verehrte Gnädige, in der Pariser Gesellschaft fehlen, davon können Sie sich keine Vorstellung machen.«
Das waren Töne, die Madame Brinvilliers lange nicht mehr vernommen hatte. Einen Augenblick kämpfte sie mit Tränen, die ihr aufsteigen wollten, da ihr plötzlich bei den schmeichelhaften Worten des eleganten Abbés alles vor Augen stand, was sie verloren hatte. Ah, sie war immer noch eine Schönheit und von gutem Adel, und wenn sie zur Zeit auf den Genuß ihres berühmten Reichtums verzichten mußte, so konnte das doch nicht allzu lange dauern.
Nach einem leichten, behutsam tröstenden und endlich ganz weltmännisch plauderhaften Gespräch von einer Stunde empfahl sich der Abbé, küßte der schönen Frau die weiße Hand und fragte angelegentlich, ob es ihm wohl erlaubt wäre, nochmals vorzusprechen, falls, wie anzunehmen, sein Lütticher Aufenthalt noch einen Tag oder zwei dauern sollte. Mit Freuden gab die Dame diese Erlaubnis und setzte hinzu, die Gelegenheit zur Wiederholung einer so angenehmen und geistvollen Unterhaltung sei ihr allzu wert, als daß sie solche nicht lebhaft wünschen müsse, und es würde ihr ein wirklicher Verdruß sein, wenn der Herr Abbé nicht wiederkäme.
Das hübsche Männlein nahm Abschied, versprach sein Wiederkommen und ließ die Einsame in der wohligsten Erregung zurück. Sie dankte es ihm, daß sie sich seit einer Stunde wieder ganz als Weltdame und gefeierte Aristokratin fühlte, und es wollte ihr scheinen, sie habe dem feinen Mann genug Eindruck gemacht, daß er seinen Aufenthalt in Lüttich auch ohne andere Ursachen recht wohl ihretwegen ein wenig verlängern könnte.

Diese Vermutung der erfahrenen Frau erwies sich andern Tages als nicht unbegründet. Er erschien ziemlich früh am Tage, doch nicht früher, als etwa die Empfangsstunde einer vornehmen Dame während ihres Landaufenthaltes stattfände, der Herr Abbé in seinem feinen Seidenrock brachte einen um diese Jahreszeit kostbaren Strauß von Maiblumen mit und begann alsbald die Unterhaltung auf dem Punkte, wo er gestern abgebrochen hatte. Es war heute Sinn und Benehmen der beiden weit leichter und freier als gestern; von dem schrecklichen Prozeß und der kläglichen Lage der Gnädigen ward diesmal kein Wort gesprochen, sondern man plauderte amüsant und freundschaftlich, die Dame ließ kleine reizende Koketterien aufblitzen, die der Herr mit Komplimenten erwiderte, und diese Komplimente glitten in feiner Abstufung mehr und mehr vom Gebiet gesellschaftlicher Allgemeinheit auf das der persönlichen und momentanen Galanterie hinüber, ja der kühne Herr erlaubte sich am Ende einen Kuß auf Madames Schulter, der kaum gerügt wurde. Nun gestand er, plötzlich in Feuer erglühend und auf die Knie sinkend, daß er allerdings gestern noch des Sinnes gewesen sei, heute von Lüttich abzureisen, daß er nun aber unmöglich gehen könne und am liebsten alle Tage seines Lebens in diesem Stübchen zu den Füßen dieser entzückenden Frau verbringen möchte. Er hielt ihre Hand fest, die er mit Küssen bedeckte, und legte in tiefer Bewegung sein Haupt in ihren Schoß: und sie strich ihm lächelnd mit schmeichelnden Händen über das glatte schwarze Haar.

»Herr Abbé«, sagte sie endlich gütig, »Sie vergessen, daß wir uns in einem Kloster befinden. So sehr Ihre

Jugend und Ihre Zuneigung zu mir mein Gefallen haben, so entschieden muß ich daran erinnern, daß ich als Gast dieses heiligen Hauses und als arme verfolgte Frau besondere Rücksichten zu nehmen habe. Sie werden das begreifen und mich nicht der Gefahr aussetzen, meines Gastrechtes hier verlustig zu gehen.«

»Aber gewiß, mein Kleinod«, flüsterte der Liebhaber glühend, »wie könnte ich je das geringste tun, das Ihnen unlieb wäre! Erlauben Sie mir daher, Allerschönste, Sie morgen an einem sicheren Orte zu erwarten und Sie zu einer Spazierfahrt in meinem Wagen einzuladen. Ach, wie ich Sie liebe, mein Bijou!«

Sie machte noch einige zeremonielle Widerstände, sodann wurde das Rendezvous unter Beobachtung vieler Vorsicht auf morgen an einem bestimmten Platz außerhalb der Stadt verabredet, und nun zum erstenmal zog der junge Mann die Eroberte an sich und gab ihr, ohne daß sie widerstrebte, soviel Küsse, als er wollte. Dann drängte sie ihn zur Türe und brachte den Rest des Tages vergnügt in Gedanken an das neue hübsche Abenteuer hin.

Sie las auch ein wenig in ihrer geschriebenen Beichte und dachte diesmal nicht an die Höllenstrafen, sondern sah ihr kühnes selbstherrliches Leben von der Höhe des Augenblickes an wie eine schöne wilde Feuersbrunst, die noch in voller Pracht und deren Erlöschen noch in weiter Zukunft steht.

Anderntags machte sie sorgfältig Toilette, steckte einige von den duftenden Maiblumen in ihren Busen und ging zu Fuße, in einen dunklen Mantel gehüllt, dem Stelldichein entgegen. Vor der Stadt zwischen den Mauern zweier Gärten blieb sie stehen, atmete die milde, erdig duftende Frühlingsluft und wartete auf den Galan. Und schon nach wenigen Minuten hörte sie auf dem Wege hinter ihr einen Wagen rollen, der sich rasch näherte. Sie trat an den Rand des feuchten Weges – der Wagen bog um die Ecke, fuhr langsamer und hielt genau an ihrer Seite. Unter dem niedergelassenen Lederdache sah sie das Gesicht des Abbés, das sich ihr entgegenneigte, und sie setzte lächelnd den Fuß auf den Wagentritt.

In diesem Augenblick hörte sie Schritte hinter sich, fühlte sich von starken Armen ergriffen, sah sich, jäh erschreckend, von drei, vier, fünf fremden Männergesichtern umgeben und brach, da sie die Uniformen der Pariser Polizei erkannte, mit einem wahnsinnigen Schrei, vor dem die Pferde scheuten, zusammen.

Als sie nach wenigen Minuten wieder zu sich kam, saß sie in einem sehr rasch dahinfahrenden Zweispänner an der Seite des Abbés, der jedoch heute Uniform trug und sich ihr kühl als Polizeioffizier vorstellte. Es war der Gefreite Desgrais, den das Pariser Parlament zur Festnahme der Verurteilten ausgesandt und der seinen Auftrag mit Hilfe dieser Liebeskomödie ausgeführt hatte, da er eine Verhaftung im Kloster aus Furcht vor einem etwaigen Volksaufstand nicht wagen mochte.

Damit ist die Geschichte der Madame Brinvilliers zu Ende; und so wütend sie sich um das von Desgrais beschlagnahmte Beichtmanuskript wehrte, so brauchte sie doch um dessen Vollständigkeit nicht besorgt zu sein, denn in der kurzen Zeit zwischen ihrer Verhaftung und ihrer Hinrichtung zu Paris war ihr keinerlei Gelegenheit mehr geboten, die merkwürdige Liste nach irgendeiner Seite hin zu bereichern. (1911)

Drei Linden

Vor mehr als hundert Jahren standen auf dem grünen Friedhof des Hospitals zum Heiligen Geist in Berlin drei herrliche alte Linden, die waren so groß, daß sie den ganzen Friedhof wie ein gewaltiges Dach mit den ineinander gewachsenen Ästen und Zweigen ihrer riesigen Kronen überwölbten. Die Herkunft dieser schönen Lindenbäume aber, welche wiederum Jahrhunderte weiter zurückliegt, wird so berichtet:

Es lebten in Berlin drei Brüder, die hielten eine so innige Freundschaft und Vertraulichkeit miteinander, wie man sie selten sieht. Nun geschah es eines Tages, daß der jüngste von ihnen am Abend allein ausging und seinen Brüdern nichts davon sagte, weil er in einer entfernten Gasse ein Mädchen treffen und mit ihr spazierengehen wollte. Noch ehe er aber jenen Ort erreicht hatte, wie er so in angenehmen Träumen dahinschritt, hörte er aus einem Winkel zwischen zwei Häusern, wo es dunkel und einsam war, ein leises Klagen und Röcheln, dem er alsbald nachging; denn er meinte, es liege da irgendein Tier oder vielleicht ein Kind, dem ein Mißgeschick zugestoßen, und warte auf Hilfe. Wie er in die Dunkelheit des verschwiegenen Ortes eintrat, sah er mit Schrecken daselbst einen Menschen in seinem Blute liegen, beugte sich über ihn und fragte mitleidig, was ihm denn zugestoßen sei, erhielt aber keine Antwort als ein schwaches Stöhnen und Schlucken, denn der Verletzte lag mit einer Messerwunde im Herzen und verschied nach wenigen Augenblicken in den Armen seines Helfers.

Der junge Mensch wußte nicht, was nun zu tun sei, und begab sich, da der Ermordete kein weiteres Lebenszeichen mehr von sich gab, bestürzt und ratlos mit unschlüssigen Schritten auf die Gasse zurück. Hier aber begegneten ihm in diesem Augenblick zwei Scharwächter, und während er noch sann, ob er ihre Hilfe anrufen oder lieber unbeschrien davongehen sollte, sahen die Wächter sein erschrockenes Wesen, traten auf ihn hin, sahen alsbald Blut an seinen Schuhen und Rockärmeln und nahmen ihn mit Gewalt fest, wenig auf das hörend, was er nun flehentlich zu erzählen begann. Sie fanden den Toten nebenan schon im Erkalten und nahmen den vermeintlichen Mörder ungesäumt mit sich fort ins Gefängnis, wo er in Eisen gelegt und streng bewacht wurde.

Am folgenden Morgen nahm ihn der Richter ins Verhör. Der Leichnam war herbeigeschafft worden, und nun erst, beim Licht des Tages, erkannte ihn der Jüngling als einen Schmiedegesellen, mit dem er in früherer Zeit gelegentlich Kameradschaft gehabt hatte. Zuvor aber hatte er ausgesagt, er kenne den Ermordeten nicht und wisse nicht das mindeste von ihm. Dadurch ward der Verdacht, er habe ihn erstochen, noch sehr verstärkt, und da sich im Laufe des Tages Zeugen fanden, die den Toten gekannt hatten, wurde auch erzählt, der Jüngling habe mit dem Schmied vorzeiten eine Freundschaft gepflegt, sich aber eines Mädchens wegen im Streit von ihm getrennt. Daran war nur wenig Wahres, aber doch ein kleiner Kern, den auch der Unschuldige furchtlos zugab, seine Unschuld beteuernd und nicht um Gnade, sondern nur um Gerechtigkeit bittend.

Der Richter zweifelte nicht, daß er der Mörder sei, und dachte bald Beweisgründe genug zu finden, um ihn abzuurteilen und dem Henker zu übergeben. Je mehr der Gefangene leugnete und von allem nichts wissen wollte, um so mehr wurde er für schuldig angesehen.
Mittlerweile hatte der eine seiner Brüder – der älteste war seit gestern in Geschäften über Feld – zu Hause vergebens auf den jüngsten gewartet und ihn gesucht. Als er dann zu hören bekam, sein Bruder liege gefangen und sei des Totschlags angeklagt, den er hartnäkkig leugne, ging er sofort zum Richter.
»Herr Richter«, sagte er, »Ihr habt einen Unschuldigen gefangengenommen, gebt ihn frei! Seht, ich bin der Mörder, und ich will nicht, daß ein Schuldloser für mich leiden soll. Ich war mit dem Schmied verfeindet und habe ihm nachgestellt, und gestern am Abend traf ich ihn, wie er eines geheimen Bedürfnisses wegen in jenen Winkel eintrat, da ging ich ihm nach und habe ihn mit dem Messer ins Herz gestochen.«
Verwundert hörte der Richter diese Beichte an und ließ den Bruder fesseln und sicher bewahren, bis Klarheit in den Handel käme. So lagen die Brüder beide im selben Hause in Ketten, doch wußte der jüngste nichts davon, was sein Bruder für ihn getan hatte, und bestand eifrig auf der Beteuerung seiner Unschuld.
Zwei Tage gingen dahin, ohne daß der Richter Neues hätte entdecken können, und schon war er geneigt, dem angeblichen Mörder, der sich selber anklagte, Glauben zu schenken. Da kehrte der älteste Bruder von seinen auswärtigen Geschäften nach Berlin zurück, fand niemand im Hause und erfuhr von den Nachbarn, wie es um seinen jüngsten Bruder stehe und wie der Zweite

sich für ihn dem Richter gestellt habe. Da ging er noch in der Nacht hin, ließ den Richter wecken und kniete vor ihm nieder mit den Worten: »Edler Herr Richter! Ihr habt zwei Unschuldige in Ketten liegen, die um meiner Schuld willen leiden. Den Schmiedegesellen hat weder mein jüngster Bruder umgebracht noch der andere, sondern ich bin es, der den Mord begangen hat. Ich kann nicht länger ertragen, daß andere für mich gefangen sitzen, die keinerlei Schuld haben, und ich bitte Euch sehr, laßt sie laufen und nehmt mich, der ich bereit bin, mein Verbrechen mit meinem Leben zu büßen.«

Nun war der Richter noch mehr erstaunt und wußte keinen Rat, als daß er auch den dritten Bruder gefangensetzte.

Am frühen Morgen aber, als der Wärter dem jüngsten Bruder sein Gefangenenbrot durch die Tür hineinreichte, sagte er zu ihm: »Jetzt möchte ich wahrhaftig wissen, wer von euch dreien eigentlich der Unhold ist.« Soviel er bat und fragte, der Wärter wollte ihm nichts weiter erzählen, aber er schloß aus seinen Worten, daß seine Brüder gekommen seien, um ihr Leben statt des seinen hinzugeben. Da brach er in ein lautes Weinen aus und begehrte heftig, daß man ihn zum Richter führe, und als er in Ketten vor dem Richter stand, weinte er von neuem und sagte: »O Herr, verzeiht, daß ich Euch so lange hingehalten habe! Aber ich dachte, niemand habe meine Tat gesehen, und niemand könne meine Schuld beweisen. Nun aber sehe ich wohl ein, daß alles seinen gerechten Gang gehen muß, ich kann mich nicht länger sträuben und will bekennen, daß freilich ich es war, der den Schmied getötet hat, und

daß ich es bin, der mit seinem armen Leben dafür bezahlen muß.«
Da riß der Richter die Augen weit auf und glaubte zu träumen, seine Verwunderung war unbeschreiblich, und es begann ihm vor dieser seltsamen Angelegenheit im Herzen zu grauen. Er ließ den Gefangenen von neuem einschließen und bewachen, wie auch die beiden Brüder, und saß lange in Nachdenken versunken, denn er sah wohl, daß nur einer von den Brüdern der Mörder sein konnte und daß die anderen nur aus Edelmut und seltener Bruderliebe sich selber dem Henker dargeboten hatten.
Sein Nachdenken kam zu keinem Ende, und er begriff, daß hier mit gewöhnlichen Menschengedanken kein Ziel zu finden sei. Darum ließ er am andern Tage die Gefangenen in guter Obhut und begab sich zu dem Kurfürsten, dem er diesen merkwürdigen Handel in aller Deutlichkeit erzählte.
Der Kurfürst hörte mit der größten Verwunderung zu und sagte am Ende: »Das ist eine sonderbare und seltene Sache! Ich glaube in meinem Herzen, daß keiner von den dreien den Totschlag begangen hat, auch nicht jener jüngste, den Eure Wächter festgenommen haben, sondern daß alles wahr ist, was er anfänglich sagte. Aber da es sich um ein Verbrechen an Leib und Leben handelt, können wir den Verdächtigen nicht kurzerhand laufen lassen. Darum will ich Gott selber zum Richter über diese drei getreuen Brüder anrufen und sie unter sein Urteil stellen.«
So wurde es denn gehalten. Es war in der Frühlingszeit, und an einem hellen, warmen Tage wurden die drei Brüder hinaus auf einen grünen Platz geführt, und

es wurde einem jeden ein junger kräftiger Lindenbaum gegeben, den mußte er pflanzen. Sie mußten ihre Linden aber nicht mit den Wurzeln, sondern mit den jungen grünen Kronen in das Erdreich tun, so daß die Wurzeln gen Himmel standen, und wessen Bäumlein zuerst eingehen oder abdorren würde, der sollte als der Mörder angesehen und gerichtet werden.
So taten die Brüder, und jeder grub mit Sorgfalt seinen kleinen Baum mit den Zweigen in die Erde. Es verging aber wenig Zeit, da begannen die Bäume alle drei auszuschlagen und neue Kronen anzusetzen, zum Zeichen, daß alle drei Brüder unschuldig seien, und die Linden wuchsen fort und wurden groß und standen manche hundert Jahre lang auf dem Friedhof des Heiligengeistspitals zu Berlin.

(1912)

Aus der Kindheit des heiligen Franz von Assisi

»Cesco!« rief die Stimme der Mutter von oben.

Alles war still und warm, ein verschlafener italienischer Spätnachmittag.

Noch einmal lockend und spielerisch: »Cesco!«

Der zwölfjährige Knabe saß im Schattenwinkel neben der Vortreppe des Hauses auf den staubigen Steinen, fast schlafend, beide mageren Hände über den spitzen Knien verschlungen, eine braune Locke fiel über die helle, zart geäderte Kinderstirn.

Wie gut das klang! Diese sanfte, leichte, vogelhaft beschwingte Mutterstimme, gut und freundlich, eigen und vornehm, wie die ganze Mutter war. Voll Zärtlichkeit sann Francesco den verklungenen Rufen nach. Es zuckte ihm einen Augenblick in den Beinen, aufzuspringen, aber die schwache Regung schlief schnell wieder ein, und während er in der tiefen Sonnenstille noch immer die liebe Stimme hallen fühlte, waren seine Gedanken schon weit.

Wunderbare Dinge gab es auf der Welt. Nicht jeder brave Mann saß so wie er, vergraben im Schattenloch vor der väterlichen Treppe, vom Vater verwöhnt und von der Mutter ermahnt, und von allen Seiten sahen die Nachbarhäuser, der Brunnen, die Zypresse, die Berge herein, immer gleich, immer dasselbe. Es gab Männer, die ritten auf Pferden durch die ganze Welt, durch Frankreich und England und Spanien, an allen Schlössern und Städten vorbei, und wo irgend Schlimmes geschah, wo irgendein frommer guter Mann zum Tode geführt oder eine schöne arme Prinzessin verzaubert war, da erschien der Held, der Ritter, der Befreier, zog sein großes Schwert und tat das Rechte. Ritter gab es, die schlugen allein ein ganzes Mohrenheer in schmähliche Flucht. Auf Schiffen fuhren sie bis ans Ende der Welt, und vor ihnen her blies der Sturm ihre kühnen, großen Namen und Taten über die Länder.

So hatte Piero, der Knecht, ihm gestern von Orlando erzählt.

Blinzelnd schaute Franz unter der Locke hervor, in die Lücke neben dem moosbewachsenen Nachbardach, wo zwischen den steinernen Pfeilern einer Reblaube ein schmaler Blick ins Weite ging, auf die umbrische Talebene hinab und zu den jenseitigen Bergen, an deren Hang eine kleine Stadt mit weißem Glockenturm unendlich klein und ferne klebte, und dahinter blaue Luft und farbige Ahnung der Welt. Wie war das schön und wie quälend, dahinten alles zu wissen, alles, alles, Ströme und Brücken, Städte und Meere, Königsburgen und Heerlager, Reiterscharen mit Musik, Helden zu Pferde und schöne adlige Frauen, Turniere und Saitenspiel, goldene Rüstungen und rauschende Seidengewänder, alles bereit, alles wartend, alles eine gedeckte Tafel für den, der kam, der Mut hatte und es an sich riß.

Ja, Mut mußte man haben. Auch etwa so durch eine fremde Einöde zu reiten, in der Nacht, wenn alles voll Spuk und feindlichen Zaubers war und Höhlen voll von Menschengebein lagen. Würde er, Franz Bernardones Sohn, so viel Mut haben? Und wenn man gefangen wurde und vor einen zorngeschwollenen Mohrenfürsten geführt oder in ein verhextes Schloß gesteckt! Es war nicht leicht. Es war nicht auszudenken. Es war schwer, furchtbar schwer, und gewiß gab es wenige, die

das konnten. Vielleicht hätte sein Vater es gekonnt? Vielleicht – wer weiß? Aber wenn es nun einmal solche gab, die es konnten, wenn Orlando und Lanzelot und alle diese ihre Taten getan hatten, gab es da für einen jungen Menschen einen anderen Weg, als ihnen gleich zu werden? Konnte man da noch um Bohnen spielen oder Kürbiskerne stecken, konnte man da noch ein Handwerker oder Kaufmann werden wollen, oder ein Priester oder irgend etwas anderes?
Die weiße Stirn zog sich in tiefe Falten, die Augen verschwanden unter den gerunzelten Brauen. Mein Gott, es war schwer, sich zu entscheiden. Wie viele schon mochten es versucht haben und schon im Anfange zugrunde gegangen sein, junge Knappen und Ritter, von welchen keine Prinzessin je erfuhr, von denen kein Lied gesungen wurde, von denen kein Pferdeknecht am Abend erzählte! Weg waren sie, erschlagen, vergiftet, ertrunken, von Felsen gestürzt, von Drachen gefressen, in Höhlen eingemauert. Für nichts waren sie ausgezogen, vergebens hatten sie Entbehrungen getragen und Qualen gelitten!
Franz schauderte. Er sah auf seine hageren, gebräunten Hände hinab. Vielleicht wurden sie ihm einst von Sarazenen abgehauen, vielleicht mit Nägeln an ein Kreuz genagelt, vielleicht von Geiern gefressen. Es war scheußlich. Wenn man dachte, wieviel Gutes auf Erden war, wieviel Schönes, Angenehmes, Wohlschmeckendes. Oh, was für gute Sachen! Ein Kaminfeuer im Herbst mit bratenden Kastanien darin, und ein Blumenfest im Frühjahr mit den weißgekleideten Töchtern der Edelleute. Oder ein junges zahmes Pferd, wie ihm sein Vater eins versprochen hatte, wenn er vierzehn Jahre alt

wäre. Aber auch andere, viel einfachere Dinge gab es, hundert und tausend, die schön und köstlich waren. Nur so etwas, wie dies Sitzen im Halbschatten, die Sonne auf den Fußspitzen, den Rücken an der kühlen Mauer. Oder abends im Bett zu liegen, nichts zu spüren als die sanfte weiche Wärme und die milde Dämmerung der Müdigkeit. Oder die Stimme der Mutter hören, ihre Hand im Haar fühlen. Und so waren tausend Sachen, so war alles, so waren Wachen und Schlafen, Abend und Morgen, überall soviel Duft und feiner Klang, soviel Farbe, soviel Liebliches und Schmeichelndes.

War es nun notwendig, das alles gering zu achten, das alles zu opfern, das alles aufs Spiel zu setzen? Bloß um einen Drachen zu besiegen (oder auch von ihm zerrissen zu werden) oder um von einem König zum Herzog ernannt zu werden? Mußte es sein? War das richtig?

Es kam dem Knaben nicht in den Sinn, daß ja kein Mensch in der Welt, nicht Vater noch Mutter, dergleichen von ihm forderte, daß nur sein eigenes Herz davon sprach, davon träumte, danach begehrte. Er spürte die Forderung. Ein Ideal war aufgestellt. Ein Ruf war an ihn ergangen, ein Feuer war in ihm entzündet. Aber warum war das, was das Schönste schien, das Heldentum, so schwer, so sehr schwer? Warum mußte man denn wählen, opfern, sich entscheiden? Konnte man denn nicht einfach das tun, was einem gefiel? Ja, aber was gefiel einem denn? Alles und nichts, alles für einen Augenblick, nichts für immer. Ach, dieser Durst! Ach, diese zehrende Gier! Und soviel Qual und heimliche Furcht war dabei!

Zornig stieß er den Kopf gegen die Knie. Also, wenn schon – er wollte ein Ritter werden. Mochten sie ihn

totschlagen, mochte er in einer Sandwüste verschmachten – er wollte ein Ritter werden. Sie würden schon schauen, Marietta und Piero, und auch die Mutter, und der blöde Lateinlehrer schon gar! Auf einem weißen Hengst würde er heimkehren, in einem goldenen Helm mit spanischen Federn, eine große Narbe in der Stirn.
Seufzend ließ er sich zurücksinken, blickte zwischen den Rebpfeilern durch in die rötlich rauchende Ferne, wo jeder blaue Schatten ein Traum und Versprechen war. Drinnen im Magazin hörte er Piero in den Zeugballen rumoren. Der Schattenstreif neben ihm war breit geworden und stach mit festem Umriß in die sonnige Straße. Über den fernen Hügeln wurde der heiße Himmel mild und goldig.
Da kam die Gasse herauf ein kleines Züglein von Kindern, sechs oder acht kleine Mädchen und Buben, die kamen zu zwei und zwei gezogen und spielten Prozession, hatten Kränze von Blättern um die staubigen Nacken und Kleidchen geschlungen und trugen Wiesenblumen in den Händen, Ranunkel und Margeriten, Storchschnabel und Salbei, sorglos abgerissen, halb geknickt und schon beinah verwelkt, mit Grashalmen dazwischen. Die nackten Füße klatschten weich auf dem Steinpflaster, ein größerer Knabe klapperte in Holzschuhen taktschlagend nebenher. Sie sangen alle miteinander einen kleinen, verstümmelten Vers, entstellter Nachklang eines Kirchenliedes, mit dem Kehrreim:

mille fiori, mille fiori
a te, Santa Maria . . .

So kam die kleine Pilgrimschaft bergan gezogen, ein bißchen Klang und Farbe kam mit ihr über die abgestorbene Gasse geweht. Ein Mädchen ging zuhinterst, das flocht sich einen Zopf, während es den zweiten samt seinen Blumen im Munde festhielt, ohne darum vom Singen oder Summen abzulassen. Ein paar verlorene Blumen lagen hinter der Schar im Staube.

Franz hatte die Melodie des wohlbekannten Liedes alsbald mitgesummt. Auch er hatte dies Spiel gespielt, mehr als hundertmal; es war lange Zeit sein Lieblingsspiel gewesen. Jetzt, seit er zu den größeren Knaben gehörte und sich schon öfter an verbotenen Knabenstreichen beteiligt hatte, war mit der ersten Kinderunschuld auch dies fromme Spiel ihm fremd geworden, und er gehörte zu den überempfindlichen Kindern, denen schon in diesen frühesten Wandlungen der Seele mahnend und betrübend das Lied von der Vergänglichkeit der Freuden klingt. Heute vollends, da er beschlossen hatte, ein Held zu werden, mußte das Kinderspiel ihm Tand und Trödel erscheinen.

Er blickte gleichmütig-stolz auf die Kleinen, die vorüberzogen. Da sah er neben dem Mädchen mit dem offenen Zopf einen vielleicht sechsjährigen Buben ziehen, der hielt eine einzige geknickte Blume mit beiden Händen vor sich empor und wandelte in einem feierlich breiten, fast watenden Gang wie ein Fahnenträger, und so falsch er sang, seine runden Augen strahlten vor Festlichkeit und gläubiger Hingabe.

»*Mille fiori*«, sang er inbrünstig, »*mille fiori a te, Santa Maria!*«

Als Franz ihn sah, ergriff ihn, den Launischen, plötzlich die Schönheit und Andacht dieses Blumenspiels oder mehr die aufwallende Erinnerung an verblühte Begeisterungen, die er einst beim selben Tun empfunden. Mit einem leidenschaftlichen Sprung war er hinter den Kindern her, winkte sie gebietend zu sich und gebot ihnen, hier vor dem Hause einen Augenblick zu warten. Sie folgten ihm – er war gewohnt, anzuführen, war auch der Sohn eines Reichen und Angesehenen – und warteten, ihre Blumenfetzen in den Händen. Der Gesang war verstummt.

Inzwischen lief Franz in das Gärtchen seiner Mutter, eine winzige Pflanzung von drei, vier Schritten Länge, zwischen Häusermauern mühsam aufgehöht und unterhalten. Es waren wenig Blumen da, Narziß war verblüht, der Goldlack stand schon in Samen. Aber es blühten zwei hohe Büsche violetter Schwertlilien. Sie gehörten der Mutter. Es kostete einen Ruck im Herzen, aber er griff zu und brach fast alle die großen, schönen Blüten ab. Sie saftigen, fetten Stengel knirschten in seiner Hand. Eine sah er an, blickte nah in den weißen Kelch, wo das Violett blaß wurde und in genauer Ordnung gelbe haarige Staubgefäße standen. Er empfand tief, daß es schade um die Blumen war.

Jetzt kam er zurück, und jedes Kind bekam eine Lilie zu tragen. Er selber behielt eine in der Hand, trat an die Spitze des Zuges und ging voraus. So zogen sie in die nächste Gasse, und die schönen Gartenblumen und das Beispiel des Anführers, den alle kannten, zog viele Kinder nach. Mit Blumen und ohne Blumen schlossen sie sich an, und in der nächsten Gasse andere, und als sie endlich singend auf den Domplatz kamen und gegen den goldenen Himmel die Abendberge blaurot glühten, da war es eine große Schar. *»Mille, mille fiori«*, sangen sie; und vor dem Dom begannen sie zu tanzen, und Franz, voll Eifer, mit glühenden Wangen, tanzte vor. Abendliche Bummler und heimkehrende

Bauern blieben stehen und schauten zu, die jungen Mädchen lobten Franz, und schließlich war eine keck und tat, was alle wünschten: sie ging auf den schönen Jungen zu, gab ihm die Hand und tanzte mit ihm weiter. Gelächter und Beifall mischten sich darein, der spielerische Kindergottesdienst blühte einen Augenblick zu einem kleinen frohen Feste auf, wie auf den Lippen kleiner Mädchen ein Kinderlachen zum Jungfernlächeln wird.
Mit der Vesperstunde war alles aus und verlaufen. Franz erschien zu Hause, heiß und erregt, und merkte erst da, daß er den Zug und Tanz barfuß und ohne Mütze mitgemacht hatte, was er seit einiger Zeit sonst sorgfältig vermied, da er jetzt viel mit älteren Knaben und mit Söhnen der Adligen Umgang hatte.
Nach dem Essen, als er nach einigem Widerstreben und Trotzen sich doch hatte ins Bett schicken lassen, fiel ihm die Ritterschaft und das hohe Maß männlicher Pflichten, die er übernommen hatte, mit einemmal wieder auf die Seele. Er wurde bleich vor Zorn und Selbstverachtung, daß er sich so hatte vergessen können. Mit geschlossenen Augen und gepreßten Lippen schalt er und verachtete sich, wie er es häufig tat, auf das bitterste. Ein schöner Held, ein wackerer Orlando, der seiner Mutter Blumen abriß und mit einem Haufen kleiner Kinder tanzen und spielen ging! Ein schöner Ritter! Ein Hanswurst war er, ein Spaßmacher und Leichtfuß – weiß Gott, wie es einem solchen je hatte einfallen können, etwas Rechtes und Edles werden zu wollen. Oh, wie noch beim Tanz vor dem Dom ihm der Abendglanz und die zarte goldene Ferne ins Herz geleuchtet hatte! Sprach das nicht, lockte das nicht, mahnte das nicht hoch und glühend wie ein Heroldsruf? Und er hatte

getanzt und getändelt und hatte sich von dem Bauernmädchen zum Schluß noch küssen lassen! Schauspieler! Lustigmacher! Er grub sich die Fingernägel in die geballte Hand und stöhnte vor Demütigung und Selbstanklage. Ach, so war alles, was er tat! So war alles – immer gut und stolz und edel begonnen und gemeint, und dann kam eine Laune, ein Wind, ein Geruch, eine Verlockung von irgendwoher, und der edle Held war wieder ein Gassenbub und Narr wie immer. Nein, es gab keine hohen Träume, keine geheiligten Entschlüsse und Begeisterungen – das alles war für andere, für Edlere, für Würdigere, als er einer war. Oh, Lanzelot! Oh, Orlando! Oh, Heldenlieder und ferne, heilige Glut auf den Bergen am Trasimeno!

In der Dämmerung tat die Tür sich sachte auf, und leise kam die Mutter herein. Sie schlief, jetzt wo der Vater auf Reisen war, in derselben Stube mit Franz. Auf leichten Hausschuhen trat sie still an sein Bett.

»Schläfst du noch nicht, Cesco?« fragte sie sanft.

Er war in Versuchung, sich schlafend zu stellen, brachte es aber nicht über sich. Statt der Antwort griff er nach ihrer Hand und hielt sie fest. Er liebte die Hände seiner schönen Mutter, ebenso wie ihre Stimme, mit fast verliebter Zärtlichkeit. Sie ließ ihm die Rechte und strich mit der Linken über sein Haar.

»Fehlt dir was, Kind?«

Er schwieg eine Weile, dann sagte er ganz leise: »Ich habe etwas Böses getan.«

»Ist es schlimm, Franz? Erzähl es mir!«

»Heut hab' ich fast alle deine Blumen abgerissen. Die blauen Blumen, weißt du, die großen. Sie sind nicht mehr da.«

»Ich weiß. Ich hab' es gesehen. Also das warst du? Ich dachte, es wäre Filippo oder Graffe. So etwas Rohes tust du ja sonst nicht.«

»Es tat mir gleich selber leid. Ich gab sie den Kindern.«

»Was für Kindern?«

»Es kamen Kinder. Wir spielten mille fiori!«

»Du auch? Du hast mitgespielt?«

»Ja, ich mußte auf einmal mittun. Sie hatten bloß so verwelkte Wiesenblumen, ich wollte es schön machen.«

»Seid ihr zum Dom gegangen?«

»Ja, zum Dom, wie früher.«

Sie legte ihm die Hand auf den Kopf.

»Nein, das ist nicht schlimm, Franz. Ja, wenn du die Blumen bloß im Übermut verwüstet hättest! Aber so – das ist wirklich nicht schlimm. Sei nur ruhig!«

Er lag still, sie glaubte ihn beschwichtigt. Da fing er ganz leise wieder an.

»Es ist ja nicht wegen der Blumen.«

»Nicht? Ja, was denn?«

»Ich kann's nicht sagen.«

»Sag mir's, erzähle nur! Hast du noch ein schlechtes Gewissen?«

»Mutter, ich möchte ein Ritter werden.«

»Ein Ritter? – Ja, das kannst du ja versuchen ... Aber was hat das damit zu tun?«

»Es hat! Es hat sehr damit zu tun! Du kannst mich gar nicht verstehen! – Sieh, ich will doch ein Ritter werden. Und ich kann doch nicht! Immer wieder mache ich Dummheiten. Ein Ritter werden, das ist so schwer, so schwer – ein richtiger Ritter tut nie etwas Schlechtes oder etwas Dummes und Lächerliches, und ich möchte das auch, ich will auch so sein, und ich kann doch nicht!

Auf einmal bin ich heut mit den Kindern gelaufen und habe ihnen vorgetanzt! Wie ein kleines Kind!«
Die Mutter drückte ihn aufs Kissen zurück.
»Sei nicht dumm, Franz! Tanzen ist keine Sünde. Auch ein Ritter darf ganz wohl manchmal tanzen, wenn er vergnügt ist oder wenn er den andern eine Freude machen will. Schau, du quälst dich da mit Sachen, die gar nicht so sind, wie du meinst. Man kann nicht alles gleich so, wie man möchte. Die Ritter sind auch einmal Buben gewesen und haben gespielt und getanzt und all das. – Aber sag mir: warum möchtest du denn ein Ritter werden? Weil die so fromm und tapfer sind?«
»Ja, ja. Und auch – weißt du, dann kann ich ein Fürst oder Herzog werden, und alle Leute sprechen von mir.«
»So, muß denn das sein, daß alle Leute von dir sprechen?«
»O ja, das möchte ich sehr.«
»Dann gib dir nur Mühe, daß man immer Gutes von dir sagen kann! Sonst ist es eine schlimme Sache, in der Leute Mund zu sein!«
Sie mußte noch eine Weile bei ihm bleiben und seine Hand halten. Es war ihr seltsam ums Herz, wenn sie die Kindlichkeit seiner Wünsche und Vorsätze mit der Leidenschaft und schmerzlichen Erregung verglich, zu der sie ihn reizten. Dieser Kleine würde viel Liebe erleben, das war gewiß, aber auch viel, viel Enttäuschung. Ein Ritter würde er wohl nicht werden, das waren Träume. Aber irgend etwas nicht Gewöhnliches war ihm doch wohl beschieden, im Guten oder Bösen.
Sie machte im Dunkeln das Kreuz über ihm und nannte ihn bei sich im Herzen mit jenem Namen, den er später sich selber beilegte: Poverello. (1919)

Fabel von den Blinden

Nach Voltaire

In den ersten Jahren des Blinden-Hospitals waren die Blinden bekanntlich alle gleichberechtigt, und ihre kleinen Angelegenheiten wurden durch Stimmenmehrheit entschieden. Sie kannten mit dem Tastsinn Kupfergeld und Silbergeld unfehlbar auseinander, keiner von ihnen hat jemals Moselwein mit Burgunder verwechselt. Ihr Geruchssinn war feiner als der ihrer sehenden Nachbarn. Sie räsonierten glänzend über die vier Sinne, das heißt: sie wußten darüber alles, was man wissen darf, und sie lebten so friedlich und glücklich, wie Blinde es nur irgend können.

Da trat unseligerweise einer ihrer Lehrer mit dem Anspruch auf, ganz Bestimmtes über den Gesichtssinn zu wissen. Er hielt Reden, er hetzte, er gewann Anhänger, und schließlich anerkannte man ihn als das Haupt der Blindenzunft. Selbstherrlich urteilte er über die Welt der Farben, und von da an ging alles schief.

Dieser erste Diktator der Blinden bildete vor allem einen kleinen Rat, mit dessen Hilfe er sich zum Herrn sämtlicher Almosen machte. Nun vermochte niemand mehr ihm zu widerstehen. Sein Spruch erging, daß alle Kleider der Blinden weiß seien. Die Blinden glaubten es und sprachen viel von ihren hübschen weißen Anzügen, obwohl keiner einen solchen hatte. Alle Welt machte sich nun über sie lustig: da kamen sie zum Diktator und beklagten sich. Er empfing sie sehr übel, behandelte sie als Neuerer und Freigeister, als Rebellen, die sich zu den törichten Ansichten jener Leute hätte bekehren lassen, welche Augen haben. Rebellen seien sie,

welche unerhörterweise an der Unfehlbarkeit ihres Oberhauptes zu zweifeln wagten. Auf Grund dieser Frage entstanden zwei Parteien.
Um die Leute zu beruhigen, erließ der Alleinherrscher einen neuen Spruch, daß nämlich die Kleider der Blinden rot seien. Auch das stimmte nicht, kein Blinder hatte ein rotes Gewand. Man verlachte sie mehr als je, und immer neue Klagen erhoben sich innerhalb der Zunft. Der Häuptling geriet in Wut, die andern auch, man schlug sich lange, und Friede gab es erst wieder, als die Blinden sich dazu entschlossen, einstweilen nicht mehr über Farben zu urteilen.
Ein Tauber las diese kleine Geschichte und gab zu, die Blinden hätten Unrecht gehabt, als sie sich ein Urteil über Farben anmaßten. Hingegen blieb er fest bei seiner Überzeugung, daß von Musik einzig die Tauben etwas verstünden. (1929)

Der Sprung*

Wenn wir es unternehmen, den Lebenslauf des edlen Willibald des Jüngeren vom Ärmel der geschätzten Nachwelt zu überliefern, so sind wir uns sowohl der Schwierigkeit unsrer Aufgabe wie auch der Unzeitgemäßheit und Unbeliebtheit solcher Arbeiten recht wohl bewußt. Eine Epoche, welche den Erfindern des Atom-Nußknackers Ruhmeskränze flicht und den Andrang des Publikums zu den Sonntagsfahrten nach dem Saturn nur noch mit Hilfe großer Polizeiaufgebote bändigen kann, eine Epoche, welche einzig den materiellen Erfolg und die meßbare sportliche Leistung anerkennt und anbetet, wird weder den Großtaten der Säulenheiligen noch den Klavier-Stimmversuchen Gottwalt Peter Harnischens, geschweige denn unsrem Versuch, das Andenken Willibalds des Jüngeren vom Ärmel zu ehren, gerecht werden oder Interesse entgegenbringen. Indessen tröstet und stärkt uns der Gedanke, daß es Verehrern jener Stiliten, jenes Walt Harnisch oder unsres seligen Willibald vom Ärmel und Verächtern des Erfolges und des Fortschritts übel anstünde, wollten sie bei ihrem Tun an den Beifall der Rekordhelden oder der Sonntags-Mondausflügler denken. Nein, wenn es denn schon etwas wie ein Ehrgeiz sein sollte, was uns antreibt und beseelt, so ist es ein andrer, ein edlerer und höherer.

Die edle Kunst, welche Willibald sein Leben lang übte, hat nicht er etwa erfunden, er lernte sie schon als Kna-

* Im Manuskript trägt dieser Text keinen Titel.

be durch seinen Vater kennen, und auch dieser hatte schon bis in eine ferne Vorzeit zurück Vorgänger und Vorbilder gehabt. Er, Willibald der Ältere, hat die hohe Übung, die meistens mit dem Namen »Der Sprung« bezeichnet wird, allerdings nicht so früh, sondern erst als Erwachsener kennen und üben gelernt. Das Wenige, das wir über sein Leben wissen, läßt sich in Kürze berichten. Er war der Sohn eines Offiziers, der ihn auf eine harte und soldatische Weise erzog und ebenfalls einen Offizier aus ihm machen wollte, doch dieses Ziel nicht erreichte, denn Willibald, durch des Vaters Härte und Strenge erbittert, stemmte sich mit zähem Trotz gegen dessen Pläne. Obwohl von Natur dem Vater ähnlich und sportlichen und soldatischen Übungen durchaus zugetan, weigerte er sich standhaft, den vom Vater ihm bestimmten Beruf zu ergreifen, und wandte sich in hartnäckigem Trotz gerade jenen Beschäftigungen und Studien zu, die er vom Vater verachtet und verspottet sah, der Literatur, der Musik, den philologischen Wissenschaften. Er setzte seinen Willen durch und wurde Lehrer. Bekannt wurde er als Verfasser des Liedes: »Wie doch so sehr erfreut der Lenz das Herz«, das jahrzehntelang viel gesungen wurde und eins der beliebtesten Stücke in allen Singbüchern für Mittelschulen war. Die späteren Generationen allerdings lehnten sowohl den Text wie die Melodie des Liedes ab, machten sich über seinen Stil, an dem ein Menschenalter sich erfreut hatte, lustig und ließen es aus den Schulbüchern verschwinden. Es ist uns nicht bekannt, ob Willibald der Ältere das noch erlebt hat, es hätte ihn wohl kaum angefochten, denn nachdem er einige Jahre an höhern Schulen unterrichtet hatte, starb sein Vater, und kaum war dies geschehen, als Willibalds ablehnende Haltung dem Soldaten- und Offiziersleben gegenüber samt seinen aus Trotz überbetonten musischen Liebhabereien erlosch. Jetzt, wo die harte Autorität, gegen die er so zäh revoltiert hatte, dahingesunken war, folgte er freudig den ererbten Anlagen und Trieben, ließ Grammatik und Leier liegen, schlug die Offizierslaufbahn ein und brachte deren erste Stufen rasch hinter sich. Dann, einer Gesandtschaft im Osten zugeteilt, lernte er das Morgenland kennen, und dort ward ihm die Begegnung, die sein Leben bestimmen sollte. Er fand Gelegenheit, tanzenden Derwischen zuzuschauen, tat dies anfangs mit jener Haltung von etwas herablassender und skeptischer Neugierde, die so mancher Abendländer in jenen Ländern für geboten hielt, wurde aber von der Gewalt des Enthusiasmus und der weltvergessenden Hingabe, die diese frommen Tänzer beseelte, mehr und mehr ergriffen, und besonders war es einer von ihnen, ein junger Derwisch von hohem Wuchs und beinahe übermenschlicher Haltung, der seine Aufmerksamkeit fesselte und seine ganze Bewunderung und Liebe gewann. Er ließ nicht nach, bis es ihm gelang, die Bekanntschaft und schließlich die Freundschaft dieses Achmed zu gewinnen. Durch ihn nun lernte Willibald jene seltsame Übung kennen, in deren Dienst sein und später seines Sohnes Leben stehen sollte: das Springen über den eigenen Schatten. Seit er entdeckt hatte, daß Achmed sich häufig zu besonderen Übungen zurückzog, bei denen er sich sorgfältig vor jedem neugierigen Blick zu schützen wußte, ruhte er nicht, bis der Derwisch ihm sein Geheimnis preisgab. Auf Willibalds dringende Frage, was er denn so einsam und im geheimen treibe, bekam er zu seinem Staunen die kurze Antwort: »Ich springe über meinen Schatten.« »Aber das ist ja unmöglich«, rief Willibald, »das ist ja verrückt.« »Du wirst sehen«, war Achmeds Antwort, und er bestellte seinen Freund auf den andern Tag zu einer bestimmten Stunde an einen einsamen Ort hinter den Stallungen einer Karawanserei. Dort nun sah ihn der Abendländer über seinen Schatten springen, das heißt: er sah ihn mit solcher Gewandtheit und Schnelligkeit springen, daß er nicht imstande war zu entscheiden, ob nicht wirklich der Springer gewandter und rascher war als sein auf dem Sande mit ihm um die Wette springender Schatten. Der Schatten bekam keinen Augenblick Ruhe, und der Herr des Schattens schien ohne Schwere zu sein, er schwebte und wirbelte in unaufhörlichen blitzschnellen Sprüngen wie ein Falter oder eine Libelle, dem Springen, Wirbeln, Schwirren hingegeben. Ob nun der Schatten übersprungen wurde oder nicht, blieb nicht nur unentschieden, es war dem staunenden Zuschauer unwichtig geworden, er vergaß daran zu denken, er sah dem Springenden mit derselben Ergriffenheit und Bewunderung, mit derselben Ahnung von Wunder und Seligkeit zu, wie damals dem Tanz des Derwisch-Chors. Als Achmed seine Übung beendet hatte, blieb er mit geschlossenen Augen eine Weile stehen, scheinbar weder erhitzt noch betäubt noch ermüdet, mit dem Ausdruck innigen Glückes im Angesicht. Als er die Augen öffnete, dankte ihm Willibald mit einer tiefen Verbeugung, wie er sie für den Empfang beim Sultan gelernt hatte. Er fragte den Freund, woran er bei seinem Springen gedacht habe. »An wen?« sagte jener mit leiser Stimme. »An Ihn, der des Springens nicht bedarf.« Willibald verstand nicht gleich.

»... nicht bedarf?« wiederholte er fragend. Und Achmed: »ER ist das Licht selbst und ohne Schatten.«
Bis zu jener Stunde war Willibalds des Älteren Leben ein Leben der Ziele, der Strebungen und des Ehrgeizes gewesen, er hatte erst als Lehrer, als Dichter und Musiker sich um Anerkennung und Ruhm bemüht, dann als Offizier um Achtung und Wohlwollen seiner Vorgesetzten. Zur Stunde wurde es damit anders. Sein Ziel lag nicht mehr außerhalb seiner selbst, und sein Glück, seine Zufriedenheit waren nicht mehr von außen her zu steigern oder zu mindern. Sein Ziel war von Stund an, etwas von dem zu erlangen, was er als Glück und Licht in Achmeds Antlitz nach seinem Schattenspringen hatte leuchten sehen, seine Sehnsucht galt jenem Grad von Hingabe, den er zum erstenmal beim Wirbeltanz der Derwische und jetzt, stiller, aber sublimierter, im frommen Tanzdienst des Schattenspringers mit Augen erblickt hatte.
Obwohl er an strenge körperliche Übungen mancher Art gewöhnt war, dauerte es lange Zeit, bis er zwar nicht seines Freundes Vollkommenheit, aber doch eine gewisse Geschicklichkeit erreichte.
(Geschrieben vermutlich während der fünfziger Jahre.)

Chinesische Legende

Von Meng Hsiä wird berichtet:
Als ihm zu Ohren kam, daß neuerdings die jungen Künstler sich darin übten, auf dem Kopfe zu stehen, um eine neue Weise des Sehens zu erproben, unterzog Meng Hsiä sich sofort ebenfalls dieser Übung, und nachdem er es eine Weile damit probiert hatte, sagte er zu seinen Schülern: »Neu und schöner blickt die Welt mir ins Auge, wenn ich mich auf den Kopf stelle.«
Dies sprach sich herum, und die Neuerer unter den jungen Künstlern rühmten sich dieser Bestätigung ihrer Versuche durch den alten Meister nicht wenig.
Da dieser als recht wortkarg bekannt war und seine Jünger mehr durch sein bloßes Dasein und Beispiel erzog als durch Lehren, wurde jeder seiner Aussprüche beachtet und weiter verbreitet.
Und nun wurde, bald nachdem jene Worte die Neuerer entzückt, viele Alte aber befremdet, ja erzürnt hatten, schon wieder ein Ausspruch von ihm bekannt. Er habe, so erzählte man, sich neuestens so geäußert:
»Wie gut, daß der Mensch zwei Beine hat! Das Stehen auf dem Kopf ist der Gesundheit nicht zuträglich, und wenn der auf dem Kopf Stehende sich wieder aufrichtet, dann blickt ihm, dem auf den Füßen Stehenden, die Welt doppelt so schön ins Auge.«
An diesen Worten des Meisters nahmen sowohl die jungen Kopfsteher, die sich von ihm verraten oder verspottet fühlten, wie auch die Mandarine großen Anstoß.
»Heute«, so sagten die Mandarine, »behauptet Meng Hsiä dies, und morgen das Gegenteil. Es kann aber doch

unmöglich zwei Wahrheiten geben. Wer mag den unklug gewordenen Alten da noch ernst nehmen?«
Dem Meister wurde hinterbracht, wie die Neuerer und wie die Mandarine über ihn redeten. Er lachte nur. Und da die Seinen ihn um eine Erklärung baten, sagte er:
»Es gibt die Wirklichkeit, ihr Knaben, und an der ist nicht zu rütteln. Wahrheiten aber, nämlich in Worten ausgedrückte Meinungen über das Wirkliche, gibt es unzählige, und jede ist ebenso richtig wie sie falsch ist.«
Zu weiteren Erklärungen konnten ihn die Schüler, so sehr sie sich bemühten, nicht bewegen.

(1959)

Quellennachweise

Aventiure .... Nach alten Quellen erzählt. Erstabdruck u. d. T. »Eine Galgengeschichte aus dem 12. Jahrhundert« in »Die Schweiz«, Zürich, Heft 7, 1904. Hier erstmals in Buchform.

Der Tod des Bruders Antonio, geschrieben 1904, Erstabdruck in »März«, München vom 18. 2. 1908. 1935 aufgenommen in das »Fabulierbuch«.

Casanovas Bekehrung, Erstabdruck in »Süddeutsche Monatshefte«, München, Bd. 1 1906. Hier erstmals in Buchform.

Chagrin d'Amour, geschrieben 1907, Erstdruck im »Simplizissimus-Kalender für 1904« München. 1935 aufgenommen in das »Fabulierbuch«.

Der Meermann, geschrieben 1907, Erstabdruck u. d. T. »Nach einer alten Chronik« im »Simplizissimus-Kalender für 1910«, München. 1935 aufgenommen in das »Fabulierbuch«.

Der verliebte Jüngling, geschrieben 1907, Erstabdruck im »Simplizissimus«, München 1907. 1935 aufgenommen in das »Fabulierbuch«.

Drei Legenden aus der Thebais:

DER FELDTEUFEL, geschrieben 1907, Erstabdruck u. d. T. »Legende vom Feldteufel« in »Wissen und Leben«, Zürich, 1908/9, Bd. III. 1935 aufgenommen in das »Fabulierbuch«.

DIE SÜSSEN BROTE, geschrieben ca. 1908. Erstabdruck u. d. T. »Legenden von den süßen Broten« in »Almanach von Velhagen & Klasings Monatsheften«, 1908. 1935 aufgenommen in das »Fabulierbuch«.

DIE BEIDEN SÜNDER, geschrieben 1909, Erstabdruck u. d. T. »Legende von den beiden Sündern« im »Simplizissimus-Kalender für 1911«, München. 1935 aufgenommen in das »Fabulierbuch«.

Legende vom indischen König, Erstabdruck im November 1907 in »Die Neue Rundschau«, Berlin. Hier erstmals in Buchform.

Hinrichtung, geschrieben ca. 1908. Erstabdruck in der »Frankfurter Zeitung«, ca. 1909 (Datierung von H. Hesse), 1973 aufgenommen in »Die Kunst des Müßiggangs«. Kurze Prosa aus dem Nachlaß.

Die Belagerung von Kremna, geschrieben 1909, Erstabdruck u. d. T. »Lydius« in »Die Zeit« Wien, 1910, 1935 aufgenommen in das »Fabulierbuch«.

Daniel und das Kind, geschrieben 1911, Erstabdruck u. d. T. »Vater Daniel« in »Die Alpen«, Bern, April 1912. Hier erstmals in Buchform.

Die Verhaftung, Erstabdruck in »Licht und Schatten« München, 1, 1911. 1935 aufgenommen in das »Fabulierbuch«.

Drei Linden, Erstabdruck in »Die Alpen«, Bern, Juli 1912. 1935 aufgenommen in das Fabulierbuch«.

Aus der Kindheit des Heiligen Franz von Assisi, geschrieben 1919. Erstabdruck im Februar 1920 in »Velhagen & Klasings Monatsheften«. 1935 aufgenommen in das »Fabulierbuch«.

Fabel von dem Blinden, Erstabdruck am 24. 8. 1929 in »Das Tagebuch«, Berlin. Hier erstmals in Buchform.

Der Sprung, undatiertes Manuskript (auch ohne Titel) aus dem Nachlaß. Entstanden vermutlich während der fünfziger Jahre. Erstmals abgedruckt 1973 in »Die Kunst des Müßiggangs«. Kurze Prosa aus dem Nachlaß.

Chinesische Legende, geschrieben 1959, Erstabdruck in »Neue Zürcher Zeitung« vom 17. 5. 1959. 1973 aufgenommen in »Die Kunst des Müßiggangs«. Kurze Prosa aus dem Nachlaß.

Nur bei wenigen Texten konnten bisher die genauen Entstehungsdaten ermittelt werden. Bei den meisten muß stattdessen das Datum des Erstabdrucks die Orientierung erleichtern.

Bibliothek Suhrkamp

Alphabetisches Verzeichnis